講談社文庫

妻のオンパレード

The cream of the notes 12

森 博嗣
MORI Hiroshi

講談社

まえがき

「つ」で始まるタイトルの12冊めである。そろそろタイトルネタも尽きたかというと、まったくその逆で、候補が多すぎて選ぶのが大変だ。たとえば、「鶴のおんがえーし」とか「つらいよおとこーわ」などは、たぶんボツだから、ここで消費しておこう。

書いている今は、二〇二三年の三月で、なんか野球で盛り上がっているようだが、僕は見ていない。ウクライナの戦争は続いているし、新型コロナウィルスは、旧型にはなっていない。日本のニュースを毎日見ているけれど、国会の話題のつまらなさは拍車がかかっていて逆に面白いし、いつの間にかメジャになったマイナカードがようやく普及しつつあって、遅れているな、と感慨深いし、ちょっと原発への回帰も予想どおりだが、早すぎる感は否めないし、AI関係で仕事がなくなるとか、インボイスが職を奪うとか、理解が難しい話題が駆け巡っているけれど、関係ないし、興味もないし、反応もしない。

比較的のびのびとした毎日を過ごしている。何のおかげかというと、健康と天候だ。病気らしい病気は、もう五年以上していないし、電車もバスも五年以上乗っていない。外食も五年以上していないし、書店にも五年以上足を運んでいない。平和である。

適度に引退したおかげで、迷惑メールも減ったし、誹謗中傷されることもなく、一週間に一度くらいしかスマホを触らない。毎日するのは、犬の散歩くらい。小説関係の仕事を一カ月以上しないことが年に二、三度もある。それでも、本がまだ出ているのは驚きだ。いったい誰が書いたのか、と頻繁《ひんぱん》に届く見本を手にして、ああ、そういえば、と思う。

この百の短いエッセィのシリーズは、マイナなファンに支えられていて、できれば、そういう奇特《きとく》なファンには一万ポイントくらい差し上げたいのだが、どうすればそれが可能なのか、日本政府のようにわからない。グッズとして作った熊のぬいぐるみ（よむーくではなくてのんたくん）がまだ五十匹くらい大きな段ボール箱に入ったまま、寝室のベッドの横に置かれているが、奇特なファンに手渡す方法もない。申告制にすれば良いのかもしれないが、そうすると、コロナ禍の助成金のように不正が発生するだろう。深刻である。

先日、工作室で一人楽しい時間を過ごしていたら、「ぎゃあ！」という妻（通称、スバル氏）の悲鳴が聞こえた。さらに、機関車が走る走行音も聞こえる。どうしたのかと駆けつけると、ホビィルームの鉄道模型のジオラマで多数の特急列車がフルスピードで走っていた。この模型のコントローラはタッチパネルの最新型なのだが、そのモニタの埃《ほこり》をウェットティッシュで拭こうとしたらしい。それで、「妻のオンパレード」になった。

contents

妻のオンパレード
The cream of the notes 12

1 「楽園」とはどんな場所なのか？

パラダイスのことだが、人によっていろいろな意味に使っているように窺える。「極楽」とも少し違うし、「天国」ともニュアンスが異なる。たとえば、「この一帯は野鳥たちの楽園です」と説明したりするとき、おそらく、食べるものが豊富にある場所、程度の意味であって、野鳥たちが浮かれて踊っているわけではない。南のレジャ・アイランドなども「地上の楽園」などと表現されるけれど、食事も滞在費も有料である。単に、そこにいる間は、仕事の忙しさを忘れられる、くらいの意味でしかない。卑近である。

とにかく、その場所にいると楽しくて、笑顔が絶えない、うきうきして、自由になんでも好きなことができる、みたいなイメージで使われている「楽園」。もしそうなら、充分な資産を持っていて、しかも健康で好きな人間に囲まれているような金持ちは、世界中がパラダイスになるのだろう。べつに世界中でなくても、少なくとも自宅がパラダイスだ。一般的な想像としては、プールサイドでトロピカルドリンクを飲みながら寝そべっている感じだが、これくらいのことは一万円もあれば実現できる安いパラダイスといえる。

僕は、工作室でなにかを作っているときが一番楽しい。トロピカルドリンクはあまり好きではないので、ホットコーヒーを持ち込んで、工作途中のものを眺めつつ、あれこれ考える時間が好きだ。でも、「極楽だなぁ」とは思わないし、「ここは人生の楽園だ」なんて感じたことは一度もない。そういう場所は、もっとリラックスして、ぼうっとしている時間に向いているだろう。工作をしているときは、むしろ忙しいし、いらいらしていることもあるし、目まぐるしく思考が方々へ巡る。それでも、そちらの方が楽しいのだ。

たとえば、温泉に浸《つ》かっているときに、「極楽、極楽」などと呟《つぶや》く人がいるけれど、僕は風呂に入っているときも、あれこれ考えていて、さっさと上がって、早くそれをやりたくなる。けっしてのんびりとはできない。つまり、楽園も極楽も僕には退屈すぎるから、どちらかというと、「退屈の地獄」のようなイメージを持つ。できれば、避けたい感じ。

もちろん、慌ただしく考え、忙しく動き回ったあとに、一瞬だけほっと息をつける時間も必要だ。そういうときにコーヒーを淹《い》れる。でも、二口か三口飲んだら、もう次のことがしたくなる。そんな落ち着かない人間である。子供のときからこうだった。

リゾートと呼ばれる場所へ行きたいとは全然思わない。明らかに、「退屈の地獄」であって、僕には楽園とは思えない。自宅の工作室に籠《こ》もって、ヤスリをかけたり、旋盤を回しているときの方が、ずっと楽しい。まちがいなく、ここが僕の楽園である。

2 「最大」とか「最短」をイメージ宣伝で使う無意味さについて一言。

役所の手続きがネットでもOKになった、とのニュースが流れていた。そこで「最短二日で登録完了」と謳《うた》われていたので、びっくりしてしまった。この場合「最短」を示すことに意味があるのだろうか？ ようするに、好条件が重なった場合でも二日はかかるわけで、これ以上は早くならないことを示しているのだ。ネットで申請しているのに、その場で登録完了にならないのはどうしてなのだろうか？ いったい何にそんなに手間取るのか。どこかで職員が手で入力し、課長の印鑑が必要なのだろうか？ さもありなん。

条件によってある程度の幅が見込まれるものは多い。そういうときは、「最低限これだけは保証できる」という数値を示すのが普通である。だから、この役所の登録の場合でいうと、「最長でも一週間で登録完了」と宣伝するのが正しいだろう。どんなに悪条件でもそれより長くはならないことを約束しているのだから、信頼を勝ち取ることができるはず。「最短二日」では、一カ月かかっても、一年かかっても良いことになって、まったく確証や約束の意味をなしていない。もし契約にこんな文言があれば、無意味だ。

同じような宣伝が、日本では多い。「最短三十分で駆けつけます」とか、「最大百万円を補償します」とか、普通に使われている。宝くじを買えば、最大三億円がもらえます、というノリである。つまり、言葉が示す合理的な意味ではなく、言葉の響きによるイメージが優先されているといっても良い。もっと愚直にいえば、日本の消費者は馬鹿なのか。

宣伝でなくても、よく耳にする。「早ければ明日にも成立する見込み」という報道。この場合、「早ければ」は、「最短」の意味ではない。「明日に成立するかもしれず、そうなれば早い印象だ」という意味だろう。だが、早いかどうかは、実は報道する側が決めることではなく、視聴者が早いか遅いかを感じれば良い。その印象まで押しつけてしまうのが、日本にありがちな報道のやり口であり、視聴者も、いってもらわないとどう感じて良いのかわからない、というロボットみたいな感性になっている嫌いがある。

たとえば、「〆切」というのは、「最長でもこの日までに仕上げる」という約束である。「その日に仕上げる」という意味ではない。それよりもどれだけ短く（早く）仕上げても問題はない。それが〆切という約束の意味だ。出版関係者にはこれが浸透していない。

人の能力を示すときも、「最大これだけできます」では意味がない。そんなに調子が良いときは滅多になく、このような数字は期待できないから、計画には使えない。「最低でもこれだけはできます」と最低限の数値で示された能力こそ、その人の実力である。

3 「ないです」や「いいです」や「よかったです」などの日本語に違和感を覚える。

「〇〇ポイントカードをお持ちですか？」と店員から聞かれたとき、僕の奥様（あえて敬称）が「ないです」と答えているのを聞いて、あとで「ないですは片言に聞こえるから、ありませんといった方が良い」とアドバイスした話をかつて書いた。僕が奥様にアドバイスをしたのは、この五年間でその一回だけである。人にアドバイスなどしない人間なので、それくらい気になった、ということを心の片隅に置いていただければ幸いだ。

ときどき、日本の報道や天気予報などをネットで聞いていると、「ないです」はもう普通になっている。「いいです」「良かったです」などは宣伝でも聞かれる。もう一般的になったのだろう。でも、僕にはやや耳障《みみざわ》りで、まるでタラちゃんが話しているように聞こえる。日本人ではない留学生ならば、この程度のたどたどしさはしかたがないけれど、日本語ネーティヴの大人だったら、少しは気にしてもらいたい。

文法どうこうの話は堅苦しくなるのでしないが、簡単にいうと、「です」は名詞のあとに来るもの。だから、「赤です」はＯＫだけれど、「赤いです」はおかしい。かつては、

「赤いのです」と「の」を挟んで名詞化した。「良かったです」ではなく「良かったのです」といった。「良かったです」がおかしくない人は、「走ったです」と言うのだろうか？タラちゃんはそういっているように思う。タラちゃんを責めているのではない。

　このようなことが気になるのは、話し言葉だけではない。最近は、多くの本が「ですます」調で書かれるようになった。本書のように「である」調だと、「上から目線だ」とか「説教くさい」といわれる風潮があるからだ。ちなみに、「説教くさいです」もおかしい。「ないです」と言う人は、「あるです」といっているのだろうか、と心配になる。「これからどうするの？」「走るです」みたいな会話が普通なのだろうか？なんにでも「です」を付けておけば丁寧になる、というのは、まあ簡単でよろしいけれど、英語だったら「sir」みたいなもの、と捉えられている節もある（留学生の多くがそうだった）。

　「ですます」調なのだから、もう少し「ます」の方を使えるようになってもらいたい。綺麗な日本語を聞くと、心が温かくなる。十年くらいまえに天気予報で、「明日は晴れるでしょう」ではなく、「明日は晴れましょう」が良いと書いたことが、今は虚しいかも。「ありませんでしょうか？」という疑問形も違和感を抱く。「ありませんです」がおかしいのと同様。「ありませんか？」で良いと思う。子供が親に丁寧な言葉を話す習慣があれば、子供の将来にプラスになるように想像するが、ああ、これも説教くさいかな？

4 「反対！」「良くない」「やめてほしい」と訴えても、なくならない理由がある。

ネットで大勢の人たちの意見があっという間に集計される社会になったため、「これだけ大勢の人が訴えているのに、どうして政府はそれをしないのだろう？」という不満もまた、かつてよりは広がりやすい。民主主義なのだから大勢の意見に反することができるはずがない。そんなの間違っている、と考える若者もいるはず。こうしたところから、社会や政治、そして国家に対して不信感を持つ、あるいは育てる場合もある。たとえば、現在政権を持っていないグループは、この不満を利用して、自分たちの力にしようとする。

大事なことが一つ、忘れられている。このように集計されているのは、大勢の人の「意見」ではない。大勢の人の「感想」か「気持ち」か「感情」あるいは「印象」でしかない、という点である。

では、「意見」と何が違っているのか？　たとえば、「死なない方が良い」というのは、意見ではない。それは感情である。おそらく、ほぼ全員が「賛成」するし「いいね」をクリックするだろう。でも、これは意見ではない。何故なら、それを実現できないからだ。

それを実現するための方法を持っていなければ、意見として無意味なのである。

まったく不可能ではなくても、これに近いものがある。「税金をなくした方が良い」というものだ。これは意見だろうか？　もし、税金をなくす方法を提示できれば、立派な意見になるが、その方法が説明できなければ意見にならない。説明できても、その方法が不確かだったり、実現不可能なものだとしたら、それに対する反対意見が起こり、議論になるから、この場合は意見として評価ができる。それでも、多くの場合、税金に代わる方法は現代社会では見出されていない。どの国にも税金のシステムがある。したがって、「税金をなくせ！」と叫んでも、まっとうな意見として取り上げられないだろう。だから、いくら署名運動をしても意味がない。結局は、意見として扱われないことになる。

では、「原発をなくせ！」は意見だろうか？　原発に代わる発電方法を提示できるか、あるいは、電気に頼った社会から脱却するのか、などの方策が示せるならば意見といえる。僕は、福島での事故があった直後でも、原発は日本に必要だ、と書いてきたが、あの当時は、大勢が原発は日本には不要だ、という「意見」を持っていたようだ。十年以上が過ぎた今、どうなっただろうか？　十年まえよりも、原発が必要だという意見は増えているように観察される。というよりも、あのときの意見が、実は「感情」だったのだろうか？

大勢の意見が反映されない理由は、それが「意見」ではないからである。

5 「綺麗事」に共感することで一体感を演出する社会に大いなる違和感を抱いて。

これが、最近の日本を観察していて、僕が一番感じることだ。もしかして、僕が天邪鬼《あまのじゃく》だからだろうか？　なにかというと美談が持ち出される。ほんの少しでも美談から外れた行為に対しては、寄ってたかって非難を浴びせる。そんなにめくじらを立てなくても、と思うほど、些細《ささい》なことも許さず、批判一色になる。傍観していると「いじめ」に近い。美談を強調し、一緒に声を上げない者を非難する、このような一体感を演出しているのは、伝播《でんぱ》の早いネット、そしてそのネットに迎合するしかないマスコミである。

もちろん、実社会は一体ではない。いろいろな意見、いろいろな見方、いろいろな立場があるはずだ。しかし、そういった実態は表（この場合ネット）に出にくい。わざわざ声を出して主張するほどのことでもないだろう、とする良識ある勢力は、声を上げている人たちから見れば、姿がない透明人間であり、きっと数に入らないのだろう。僕も、こうやって文章を書く仕事をしていなければ、その透明人間の集団に属し、黙って社会を観察するだけでいる。静かに潜《ひそ》んでいることだろう。

ただ、いざ選挙となれば、その透明人間の勢力は、自分が信じるサイドへ入れる。そこではじめて、声を上げた人々がメジャではないことが判明する。声を上げることで一体感を得たように誤認していた人たちは、選挙の結果や、政治の方針を見て、「変じゃないか！」「間違っている！」と感じる。どうしてこんなに大勢の声が無視されるのか、と。

ネットやマスコミが誘導しようとしている方向へ、政治が動かないメカニズムはこのようなものだ、と想像できる。簡単にいえば、全員が騙されているわけではない。日頃は黙っているけれど、自分で考え、良識で行動するグループがいる、ということである。

さて、それにしても、どうしてこんなに綺麗事や同じパターンの美談が沢山報じられるのだろうか。それは、そんな綺麗事や美談を通じて、人々を安心させ、世論を誘導しようとしているから、としか思えない。理屈ではなく感情に訴えることで大衆をコントロールできる、と踏んでいるわけだ。手法としては、ある程度有効なのだろう、きっと。

政策によって被害を受けた人たちに寄り添う、といったドラマなども、非常に多い。また、自然環境を守ろう、地方を再生しよう、古来の文化を継承しよう、困っている人たちをみんなで助けよう、という方向性も、綺麗事として利用されている割合が増えているように感じられる。それらを実現するためには、社会が潤沢な資金を持っている必要があるのだが、しかし何故か、税金を徴収することには大反対するのである。

6 「宗教って、そもそも全部、霊感商法なのではないか」と書いたら叱られる？

叱られるかどうか、誰から叱られるのか、わからないし、叱られても、叱られなくても、どちらでも良い。ただ、僕には、霊感商法ではない宗教というものが想像できないので、まっとうな宗教と霊感商法の差がわからない、とはいえる。僕の知識不足のせいだろう、きっと。もう少し説明すると、まっとうな宗教とまっとうではない宗教にきっちり分かれているのではなく、まっとうな宗教から霊感商法まで、連続して存在し、それぞれの組織の中でも、いろいろな人物がいて、その行いも、この分布のうちのどこかに存在する、ということ。あるときは、少しまっとうだし、またあるときは、やや霊感商法寄りになる、という具合である。この線を越えたら霊感商法だ、という明確なレンジは示せない。示せるなら、とっくに法律になり、取り締まられているだろう。

霊感商法であっても、人を救うことがある。救われた人は、騙されたとは感じていない。救われて幸せだっただろう。そんな事例が集まれば、救った側もしだいに自信を持つ。自分たちは、世のため人のために活動しているのだと。神を信じるのも、自分を信じるのも、同じことだ。ときには、法律が間違っている、と考えることになるはず。
神ではなくて、馬を信じる人たちが沢山いる。この人たちの中には、馬に金を注ぎ込んで、家族や子供たちを泣かせる結果を招いてしまった御仁も多いはずだ。不幸に巻き込まれた子供たちは、競馬に誘うような宣伝をTVで流していたではないか、と訴えるかもしれない。神を信じて寄付をした親とほとんど同じといわざるをえない。馬券を売るときに、家庭環境が健全であることを確認しなかったのは、どうしてなのか、と糾弾されないのは、何故なのだろうか？

僕が知っているかぎり、金を集めない宗教というものはない。宗教は、信者からの集金で成り立っている。普通の商売との違いは、金に見合うだけの品物やサービスが提供されているか、にあるだろう。だが、見合うかどうかを決められるのは、金を出した本人だけであり、それは、詐欺などでも同様である。騙されて金を取られる人たちも、金を出したときには、見合うだけの価値がある、と信じていたのだ。

一度信じたものが、あとになって信じられなくなっても、金が戻ってこないのが普通である。品物の返金も、クーリングオフの制度があるのだから、「信じたもの」についても、冷めてから返却ができる制度を決めてはどうか。それくらいの制限しか、法律では処理できない事柄のように思える。僕は、お札もお守りも霊感商法だと認識している。

7 「地中海」は、地中にある海なのでは？

地中海の「地中」は、「Mediterranean」の訳だが、「Medi」が「〜の間」で、「terra」が地面なので、「陸地に挟まれた」という意味になる。つまり、平面で見たとき、「周囲が地面」である状況を示す。しかし、日本語の「地中」は、上下にも「土」がある場所を示している場合が多い。たとえば、「地中湖」といえば、地下にある湖になる。海というのは、すべて地面に囲まれているはずである。海の端には陸地があるはずだ。だが、これは地球が球体であるとわかった今だからいえることで、かつては、海の端に陸地があるとは考えていなかった。そんな大きな海に比べると、地中海は、端まで人間が到達し、いずれにも陸地があることが判明した。だから、この名前になったのだろう。

「中国」という名称も、何が「中」なのか不思議に思う人がいると思う。日本の中にも「中国地方」があって、非常に紛らわしい。東京や名古屋の人から見ると、大阪が既に「西」であるし、その向こうに「中」があるのは変だ。「中部地方」を差し置いて。

僕が子供の頃から不思議に感じていたのは、「半島」という地名。「地理」の授業で習うのだが、紀伊《きい》半島とか能登《のと》半島という名前を覚えないといけない。紀伊半島は日本最大の半島だ、と先生はおっしゃったけれど、中国地方を「中国半島」にしなかっただけの話ではないか、と思ったものである。一方、琵琶《びわ》湖の下の一帯を何故「紀伊地方」としなかったのか。日本最大は、紀伊半島くらいにしておこう、と考えたのだろうか。

同様に、佐渡島《さどがしま》が日本最大の島らしいが、それは四国や九州を「島」にしなかっただけの話である。「大陸」だって、「海」だって、どういう基準で決めているのか疑わしい。

地中海に話を戻すけれど、名古屋には以前、「地中海」というファミレスが沢山あった。鉄板にのったハンバーグが食べられる。わりと和風の味付けなのだが、地中海の雰囲気があれで染みついてしまった人は多いことだろう。エーゲ海も、どう見ても地中海の一部だから、地中海のイメージに引っ張られる。『エーゲ海に捧ぐ』が流行《はや》ったので覚えた名称である。たぶん、ギリシャだと思う。「ギリシャ」なのか「ギリシア」なのかは不明。

「黒海」「紅海」「黄海」という色の名称もあって、「地中海」もその仲間か。つまり、訳せるものは日本語にした。固有名詞は訳せない、というわけでもない。現に漢字になっている国や地域が幾つかある（中国、台湾、韓国、北朝鮮）。過去の経緯があるのかもしれないけれど、不統一だし、いずれ問題になるのではないか、と心配している。その最たるものは、「日本」だろう。日本以外からは「Japan」と呼ばれているのに。

8 森博嗣は死後に発表する小説を用意している、と噂されるけれど本当なのか？

そう考える人たちは、僕という人間を買い被っている。「買い被る」は、「見縊《みくび》る」の反対語だが、「過大評価」との意味だ。過大か過小かは、どちらでもよろしい。単に「見損なう」が適当かもしれない（「見損なう」は、過小評価で使う場合が多いが）。

ようするに、僕はそういうことをする人間ではない。自分の死後になにかを残すというのは、死後においても他者の評価を受けたいという願望らしい。僕にはそれがない。僕は、生前であっても、他者による評価をまったく期待していない。自分の生き方、楽しみ方に、他者の評価は影響しないと認識している。簡単にいうと、人にどう思われようとかまわない人間なのである。なかなか理解してもらえないようだが、べつにかまわない。

何度もこれを書いているのに、一般の人は「他者を気にする」ことが当然であり、普通であり、あらゆる判断基準の根幹にあるため、人類は全員がその感覚を持っていると考えるらしい。特に、作家のように大勢を相手に商売をしている人はなおさらだろう、と余計にそう思われている節がある。そんな誤解をされても、べつにかまわないけれど。

たとえば、野球選手なんかが、ファンからサインをねだられたりしている場面をニュースなどで見ると、僕は「可哀想にな」と感じる。自分だったら、それが嫌だからだ。自分がやりたいことがあって、サインなんかに時間を取られたくない、と普通に思う。でも、多くの人はそうではないし、スポーツや芸能関係の仕事をしている人たちは、他者から認められることが嬉しいのだろう。まあ、利益に結びつくからね、と僕は解釈する。

作家も、生前であれば、他者の評価は単純に利益に結びつくから、百パーセント影響を受けないとはいえない。評価が高ければ、それだけ本が売れて、印税が多くなり、貯金が増えるから、悪くはない。でも、評価が高いから売れるというわけでもなく、微妙なところだ。デビューした頃は、それまで知らない世界、初めての経験だったので、いちおう、ファンの前に出てみたが、嬉しいと感じたことはなかった。僕の場合、自分が人気者になることに価値を見出せないので、珍しい体験だな、という程度のことだった。もちろん、一人でいる時間の方がずっと楽しいし、やりたいことがいっぱいある。

というわけで、死後になにかを残し、他者から評価を受けたところで、全然これっぽっちも価値がない。だから、そういった不合理なことはしない。ただ、家族にだけは、生前に迷惑をかけた借りがあるので、財産は残そうと考えている。僕の持ちもの、おもちゃもすべて焼き捨ててもらってかまわない。その処分費用も残しておこうと考えている。

9 それでも、人間は社会になんらかの価値を残すものだ、とは考えている。

一方（前項からの続きになるが）、人間は生きているうちに、なんらかの価値を生み出すものだ、とも僕は認識している。他者の評価は気にしないといいながら、矛盾しているように思われるかもしれないが、そこは全然別問題である。つまり、人のためになるような行為、社会の価値となるものを個人が生産することは意味がある、と考えている。生み出した価値によって、人から評価されることには関心がないが、自分は社会のために役立った、と自分で評価できれば満足なのだ。まったく矛盾していない。

では、社会のために個人ができることとは何か？　それは、なんらかの生産行為であるといえる。生産されるものは、物質か情報のいずれかか、あるいは芸術や優しさのように、他者が感じ取れるようなものかもしれない（僕の定義ではこれも情報だが）。

一般に、現代社会では、社会のためになるようなものを生産すると、交換によってお金が集まってくるので、単純に考えれば、金持ちになるだろう。生産しても、金が集まらない場合もあるものの、それは社会的価値が（その時代では）不足していることを示している。また、生産行為を伴わない集金方法もある。たとえば、金融などがこれに当たる。しかし、この場合も、資金提供という援助をしているのだから、やはり社会的価値を生産していると考えることができる。

個人が生産したこれらの価値は、一気に集金できるほど同時代性を持っている場合と、そうでない場合があるので、その人物が金持ちであることだけでは、その価値の大きさを評価できない。同時代性の高い価値を生み出せば、すぐに金持ちになれるが、その人が死んだあとに、その人の価値が見出される場合もあり、また、なんらかの発明や発見のように、広く大勢に行き渡る情報が生産物だった場合には、集金の全体像が観察できない。必ずしも、金持ちにならない、ということでもある。

人にどう思われても良い、人の評価は関係がない、というのは、人気よりも稼いだ金の方が、その人物が生産した価値に比例しているとの考えに基づいている。拍手や注目を集めることは、ほんの一部の商売でしか価値に結びつかない。人間の価値はもっと違うものである。逆に、その違いを大勢が同じものだと勘違いしているのではないか、とも思う。

人の役に立つことはとても大事であり、普通に仕事をして金を稼げば、社会に貢献していることになる。金を稼がないボランティアでも良い。ただ、他者に認められたいから、褒められたいから、注目を集めたいから、との方向性はずれている。

10 サブスクというのは、つまり税金のようなものだな、と理解している。

サブスクリプトというのは、添字（横に小さく書く文字）のことで、数学などではよく使っているから、最初に「サブスク」を聞いたときには、そちらを連想した。全然違っていた。サブスクリプションの略で、定期購読料とか、クラブの会費みたいな料金制度で、一度払うと、その期間サービスが受けられる。定期購読なら、一年分を前払いすると、ばらばらで買うより少し安く購入できるので、お得だ。売る方にしてみると、長期間分の収入が約束されるので美味しい。たとえば、電子書籍でシリーズ合本が、個々の価格合計より安く買える設定も、サブスクに近いだろう。

最近では、読み放題、見放題、聴き放題などのサブスクが増えていたようだ。僕は、こういったものには手を出さない。だいたい、ポイントの類を一切利用していない。欲しいものは、欲しいときに料金を支払って入手する方が、ダイレクトでわかりやすいからだ。

消費者に対して「お得」なように感じさせる商法といえるが、これが積極的に導入されているのは、そちらの方が売り手にとって有利だからであり、翻《ひるがえ》って消費者にとっては、平均すると損をしていることになるはず。

このような商法が広まったのは、商品が物品ではなく電子情報になったことで、製造費がかからないからだ。大量生産では多数を一度に作ることでコストを下げたが、デジタル商品は、数には関係なくいくらでも複製できる。作り置きして倉庫に保存する必要もない。少しでも多く売れれば、それだけ儲《もう》かるのだ。

消費者は、金を払った以上、できるだけ沢山消費しようという気持ちが働き、しかも消費した量あたりの値段を思い浮かべ、得をしたと感じようとする。もしサブスクの契約をしなかったら、そんな量を無理に消費しなかっただろうし、それだけの金を出さなかったはずだ。このメカニズムで、より多くの出費を引き出す効果があり、生産者が儲かる。

僕がこのシステムで一番に連想するのは、税金である。国に対して一定額の税金を納めると、いろいろなサービスを無料で受けられる。警察、消防、それにインフラの整備などである。受けるサービスに比例して支払っていたら、おいそれと救急車も呼べない。

保険や年金などもサブスクに近い。ようは、お得感を宣伝して、先払いさせようという商法である。喫茶店のコーヒー券もそうだし、無秩序に横行しているポイントカードもそうだ。ローンを組ませて高い買いものをさせるのも同じ。ようするに、あの手この手で、金を払わせる。約束したサービスがもし不可能になったときは、倒産すれば良いだけだ。

11 「金は遊ばせておけ」という教えから「遊ばせる」について考えてみた。

一般的には、この逆の言葉をよく耳にする。「金を遊ばせておくな」といわれている。金以外でも、土地などが、ただ所有しているだけでは税金が取られるだけ、といわれる。金の場合は、持っているだけでは（今のところ）税金はかからないし、銀行に預けておけば、ほんの僅《わず》かだが利子が加算される。しかし、それでは「遊ばせておく」ことになる。つまり、「遊ばせる」とは、活用しない状態にしておくことを意味しているらしい。

日本では、ずっと「遊ぶ」という動詞があまり良い意味には使われてこなかった。「遊ぶ」のは、「仕事をする」の反対で、生産しない、役に立たない、利益をもたらさない、という意味を含んでいる。だが、時代は少し変わってきているのではないか、と思う。現代人にとって、「遊び」はかつてよりは重要な意味を持ちつつあるだろう。多くの人たちが、遊ぶことを生き甲斐にしているし、人生の目的にもしている。たとえば、僕がそうである。僕は遊ぶために生きている、と胸を張っていえる。遊ぶことは、人間にとって最も大切な行為だと考えているくらいだ（主張してもなんの得もないが）。

　ところで、「金は遊ばせておけ」というのが、僕の父の言葉だった。少しニュアンスが違っていて、「金は遊ばせておけば良い」だったかと思う。無理に使おうとするな。金を使わなければ、何に使おうかと考える時間を長く体験でき、この可能性を考える時間に価値がある、というような意味だった。使ってしまったら、一つの可能性が実現できるけれど、他の多くの可能性が消滅してしまう。可能性を多く持っている方が有意義だ、という教えである。これは一理ある、と僕は認めていて、実際、僕は金を使うことに消極的な人間になった。その金を得るために自分が差し出した時間や労力に比べて、買えるものの価値が相応《ふさわ》しいだろうか、と考えると、なかなか使えない。金を減らすことは難しい。

　父の言葉の「遊ばせる」は、金を持っている間は、いろいろ考えることができて楽しめる、だから遊んでいるようなものだ、金を減らすことなく楽しめるのだから、お得ではないか、という意味にも取れる。使わずに、使った以上に遊べるのだ。

　工作でも同じで、何を作ろうかと考えている間は、なかなか楽しい。実際に作るものを決めてしまうと、苦労が絶えないし、満足できるものが作れない場合も多い。人間が一番楽しめるのは、可能性を持って考える時間なのではないだろうか。これが「遊ぶ」という動詞に極めて相応しい。小さな子供が遊んでいるとき、彼は野球選手にもなれるし、正義の味方にもなれる。そういう可能性を思い描いているはずだ。大人も真剣に遊ぼう。

12 猛スピードの「猛」は、「高」よりも激しいのだろうか？

「猛」というのは、激しいこと、強いことであり、「猛烈」とか「猛暑」など、普通は一文字の漢字の前に付く。これは、そういう熟語になっているわけである。しかし、「猛スピード」は熟語ではない。面白い表現だと思う。ほかに、「猛温度」とか「猛回転」とかは聞かない。「猛勉強した」や「猛練習した」は耳にすることがあるものの、「猛仕事した」や「猛努力した」はないようだ。どんな条件だと使えるのか、はっきりしない。

これに似ていて、最近になって増えているのは、「超」である。「超」はたいていのものに付けられそうだが、「超スピード」は聞いたことがない。

「スピード」だけに付くのか、と不思議に思ったが、「猛ダッシュ」があることに気づいた。やはり、単なる強調ではなく、凄まじい迫力みたいなものを感じさせ、なんとなくだが、大阪弁に似た誇張法とも見受けられる。大阪の人は、「家から出てきた」ことを、「家から飛び出してきた」とおっしゃる傾向がある。二階から出てきたみたいだ。

「高スピード」という表現があるだろうか？　冷静でよろしいと感じるけれど、たぶん

「高速」で充分だから使われないのだろう。いつ開通するのか知らないけれど、リニア新幹線は「猛特急」にしてはいかがだろうか。「超特価」も、「猛特価」と宣伝した方が凄さが伝わるような気がするのでおすすめだ。

それ以前から使われている強調として、「極《ごく》」がある。「極めて」という言葉のとおりだ。激しさを示す英語には「very」「super」「ultra」があるが、電波の周波数の高さを示す「VHF」の「Very High Frequency」でこれを「超短波」と訳し、「UHF」の「Ultra High Frequency」は「極超短波」で、その上はSHFの「Super High Frequency」となるのだが、この日本語は残念ながら「マイクロ波」だ。これを見ると、「超」を強調するのが「極」なのだろうか。システマティックになっているとはいえないかも。

普通の会話だと、「極稀《まれ》に」などといった場合、「もの凄く稀に」という意味になるけれど、せいぜい二倍くらい「稀」になっている程度の感じにしか伝わらないのではないだろうか。人によって受け止め方が違うとは思うけれど。

今、コンピュータに「猛スピード」を英訳させたら、「ferocious speed」と返してきた。なるほど、「酷い」というイメージが加わるのか。「猛吹雪」などが、好例だろう。ちなみに「猛吹雪」を訳させたら、「blizzard」だった。ごもっともです。

「猛反対」はあるのに「猛賛成」はない。このあたりに謎を解く鍵があるだろう。

13 次のうちから当てはまるものを一つ選んで下さい、といわれても選べない設問。

確定申告が簡単にできる、というコマーシャルを見た。○×式で回答できて簡単だ、と謳われていたが、騙されてはいけない。税務署の設問というのは、少なくとも僕にはさっぱり理解できない日本語なのだ。そう、日本語なのだが、日本語の皮を被った狼である。

先日は、税務署ではなく、年金関係のハガキが来て、次のうち当てはまるものに○をつけろ、とあった。抽象的に書くと、①申請した、②申請していない、③申請するつもりだ、とあった。この場合、③が当てはまる人のほとんどは、②にも当てはまるはずだ（申請したけれど、もう一度申請するつもりの人がいるかもしれないが）。

僕は途方に暮れて、奥様（あえて敬称）に相談した。ちょうど、長女も近くにいた。二人とも、「そんなの②に決まっているでしょう」と太鼓判を押した。当たり前らしい。では、どういう人が③を選ぶのだろうか？　①でも②でもない集合が存在するのか？

比較的多い設問として、「賛成、どちらかといえば賛成、わからない、どちらかといえば反対、反対」の中から選べというものがある。この「どちらかといえば」というのは、何なのだ？　イエスかノーかどちらかを選べといわれれば、という意味だと思うが、そもそも、どちらかを選べといわれているのだ。また、どちらかといえば賛成は、賛成の中に含まれないのだろうか？　どちらかといえばわからない、という人はいないのか？

たとえば、「○○の人は、この質問に答えなくても良い」とあったとき、答えても良いのだろうか？　「答えなくても良い」という日本語は、「答えてはいけない」という意味ではないから、答えても良いと解釈するが、こう考えてはいけないような空気がある。

さらに、「○○について申請したい人は、△△の設問に答えて下さい」などともある。僕はべつに申請したいわけではない。申請しろといわれたからしかたなく申請しているのだ。申請しないと不利益を被《こうむ》ると脅されたから申請しているのである。こちらから希望して申請したようにいわないでほしい。そもそも日本の役所は、なにかというと市民に申請させるのだ。一度で良いから役所の方から市民に申請してもらいたいものである。

とにかく、このような多くの難解な質問に答えないと申請ができないほど、システムが複雑怪奇なのだ。条件によって場合分けが多く、計算方法も難しい。申請をしても、結果的にいくらもらえるのか、いくら取られるのか、ほとんど予測ができない。

はやくＡＩが対応するようになってもらいたい。そうでないと、窓口の係員が凡ミスをしても、申請者は気づきようがない。何年か経ってから訂正・謝罪になったりするのだ。

14 年金の申請をしないと年金がもらえないのは、なんか変じゃない？

普通のサラリーマンは、給料から強制的に年金保険料が差し引かれる。そのときには、なにも申請はしていない。年金はいらないから、保険料を支払いたくない、という選択をする機会はない。僕の場合は、国家公務員だったから、共済年金である。六十三歳になったときに、いよいよもらえるのだ、と楽しみにしていたら、数十ページもある申請書なるものが届き、それに回答して送ったら、無事にもらえる身となった。この話は、二年まえにここで書いたはず。毎月十万円弱の年金をいただいている、と書くのは不正確で、僕が支払った分が戻ってきているだけだ。それでもなんとなく、ありがたいのは確か。

さて、公務員を辞めたあとは国民年金に自動的に加入させられ、また保険料を支払ってきた。こちらは六十五歳から年金がもらえるので、楽しみにしていたところ、また数十ページの申請書の冊子が届き、知恵を絞って必死になって回答した。この申請ができる人は、相当な知力の持ち主であることを保証する。日本人はみんな、頭が良い。

六十五歳からではなく、七十歳から、あるいは七十五歳から年金をもらうことにすれば、もらえる金額が上がりますよ、そちらの方がお得ですよ、と誘われるが、これは最近になってできた制度で、年金の原資が不足して行き詰まっているから、少しでも支払いを先延ばししたい、という浅はかな政策である。こうして後ろへ後ろへどんどん先送りするのが日本の政治の基本姿勢であり、これからもますます、この種の姑息《こそく》な手を打ってくるだろうことが予測できる。当然、僕は六十五歳からもらう。長生きなんかするつもりはない。払った分をできるだけ早く取り返したいだけだ。

扶養関係の設問がとにかく難解で、場合分けが多く、設問に答えられないところが三箇所ほどあった。その状態のまま申請をしたら、その三箇所は記入しなくても良いところだった（どうして記入の必要がないのかは不明）。とにかく、申請は無事に終わった。

しかし、いったいいくらの年金がもらえるのか、まだわからない。だいたい、初めから自分の年金の額が知らされていないのが普通のようだ。いくらくらいだろうか、とだいたいの想像はできるけれど、この額です、と示されることはない。複雑怪奇な計算式があって、誰かがどこかで計算するのだろう。その誰かを雇えるように、また、年金センタとか年金会館とかのビルが建設できるくらい、皆さんの積立金は既に使われているのだ。

保険も同じで、セールスが来て親切に勧誘するくせに、保険料が自動で支払われることはない。やはり、申請が必要だ。申請しないと取り返せない仕組みが多すぎる。

15 健康のためになにかをしたことがない。毎日体重と血圧を測るくらいか。

僕の場合の話なので、みんなもこうしろということでは全然ない。僕は薬を一切飲まなかったし、サプリメントもとらない。健康に良いとされているものに手を出したことはない。ただ、六年まえに救急車で運ばれ、一週間入院したあと、出された血圧の薬は例外で、その後、飲み続けている。血圧は上が百十くらい、下は七十くらいで、高くはないが。

もう六十五歳だから、立派な老人だ。立派ではないが、確実に老人だ。余命は僅かだから、あまり長くかかりそうなプロジェクトには手が出せなくなった。高価なおもちゃを買っても、存分に遊べるかどうか心配で買えないこともある。犬の場合は、僕が死んでも、家族が可愛がるから良い。だが、おもちゃは僕にしか価値がないのだ。

足腰のためのサプリや、脳のためのサプリが、盛んに宣伝されている。ああいうものに手を出す人は、よほど若いときが快調だったのだろう。僕は若いときから、躰のあちこちが痛いし、頭もぼんやりしているし、もの忘れも激しかった。握力が弱いし、固有名詞は記憶できない。人並みにできないことが多すぎる。歳を取って、これらはそれほど変わりがない。つまり、若いときから老人のようだったのだ、今さらながらわかった。

若いときに元気いっぱい、頭脳明晰の人は、歳を取って衰えたことがショックなのだと想像する。だから、あのようなサプリが売れるのだろうな、と理解している。違う？

毎日朝と夜に血圧を測り、折れ線グラフを描いている。また、風呂に入るまえに体重を測って、これも記録している。毎日の数値の変化を見ていれば、体調はおおよそ管理できる。あとは、疲れが溜まっていないか、食べ過ぎで胃が弱っていないか、という注意をするくらいである。体重は、増えたら自分で落とすことにしている。食べるものを減らせば、体重は減るので、健康管理としては最も簡単な部類である。

煙草も酒も今は嗜《たしな》まない。いずれも健康に悪いだろう、と理解している。どちらかというと酒の方が悪いと確信している。煙草が悪い、と三十年くらいまえに急に世間が騒ぎ出した。酒もそろそろエビデンスが出てくる頃である。特に日本人の酒の飲み方は、酒に溺れる感じで、躰に良いはずがない。良いと信じ込ませて酒が売られているだけのこと。

それよりも、一番は腹一杯食べないことだろう。なんでも限界まで頑張らないことも重要だ、と思う。集中的な活動をせず、毎日コンスタントに、同じ日常を繰り返すことが健康に結びつくのではないか。少なくとも機械はそうである。人間も機械のようなものだ、と思って書いている。ストレスを解消するのではなく、ストレスをなくす方が合理的。

16 「奇跡の○○」と鳴り物入りで謳われていても、「奇跡的」でさえないものばかり。

一般に、ものごとを形容する言葉は、どんどん大袈裟《おおげさ》になるため、逆に言葉の能力は下落する。たとえば、「奇跡」などがその最たるものといえる。なにしろ、奇跡と呼ぶに相応しい本物の奇跡など、人類史上一度も起きていないのに、毎日どこでも誰もが、この言葉をごく普通の事象の形容に使っている。「少し珍しい」程度の意味に成り下がっているのは明らかだ。うちの一番若い犬は、自分のフードを食べているときに年寄りの犬が近くで睨むと、最後の一粒をわざと食べ残して立ち去る。年寄り犬は、これを食べて大満足するのだが、これなどは「森家の奇跡」と呼ぶのに相応しいのではないか。

たびたび見かけるのは、「奇跡の五十代」といったタイトルだが、これは、「五十代にしては若く見える」という意味らしい。実際に写真を見ても、十代には見えないし、二十代とは思えない。せいぜい四十代である。「若く見える」というだけであって、どこが奇跡なのかわからない。「奇跡の二十代」や「奇跡の十代」というのは見たことがない。十代なのに六十代に見えるとしたら、メイクが特殊なのだろうな、くらいに思うが。

スポーツなどで、意外な結果になった場合に「奇跡」と形容されることが多いようだが、いずれもルールに則っているわけだし予想外でもない。「ありうる結果」である点で既に奇跡とはいえない。九回の裏、二死満塁から大乱闘になってボクシングになったら、多少奇跡的かもしれないし、ピッチャが間違えてバスケットボールを投げたら奇跡かも。

ようするに「ありえない」ものが奇跡なのである。大袈裟な表現が行き過ぎると、実際に珍しい場面で強調のしようがなくて困ることになるはず。「めっちゃ」を言いすぎる人なんかも、本当に凄い場面でめっちゃ困るから、号泣するしかない。

「奇跡を信じて」とか「奇跡を起こしてくれ」といった発言も、信じられないものが奇跡だし、起こりえないものが奇跡なのだから、自己矛盾している。「これから嘘を言います」くらい矛盾している。五億歩譲って、「奇跡的」くらいにセーブしてもらいたい。

ところで、奇跡でないものは何かといえば、「自然」あるいは「常識」である。つまり、常識では考えられない現象が奇跡なので、非常識な行為や思考を「奇跡の行い」「奇跡の考え」といって良いかもしれない。「奇跡」は良い傾向のものばかりとは限らない。「非常識」だって、悪い傾向のものばかりとは限らない。

宗教では、奇跡は「霊験《れいげん》」などといったりする。もともとの意味は、「超自然」のことだった。ただし、それは「現象」ではなく、あくまでも「体験」なのである。

17 アドバイスをする目的は、相手に好かれることではない。

人にものを教える、指示する、アドバイスする場合、今その人がやっていることを肯定するような、つまり褒めるような方向性ではない。そのままで良いならば、なにも伝える必要がない。応援したところで、結果はそれほど変わらない。ファンではないのだ。間違ったことをしている。それでは上手くいかない可能性が高い。こちらの方が良い、ということを伝えるのが、指導、教育、そしてアドバイスの目的であり、そうすることで、その人の利益になり、また社会の利益になるから、いずれは自分の利益にも還元されるだろう。だからアドバイスをする。人間はそうやって個人のノウハウを共有してきた。

しかし、人によっては、このような「説教」を嫌う。指示されると、自分が非難されているように感じる。これは間違いではない。君の方法は間違っている、と指摘している場合がほとんどなので、その受け止め方は正しい。むかっとする感情は理解できる。だから、教えること、アドバイスすることは、人に嫌われやすい行為でもある。

僕の奥様（あえて敬称）は、人からあれこれいわれることを極度に嫌っている。そして、僕がアドバイスをしてもムカつくだけで、内容を素直に取り入れることはほぼない。だから、十思いついても一しか伝えないように我慢をしている。気分を害されるとこちらにも不利益となるからだ。しかし、奥様の利益になるし、こちらにもその利益が還元できると明らかであれば、やはりアドバイスをする。一時嫌われても良い、との覚悟だ。

大学のように、授業料を払って講義を聴きにきている学生でさえ、先生のアドバイスに耳を傾けない人もいる。「偉そうに」「年寄りの説教」と捉えているのだろう。そのとおり、年寄りだし説教だし、しかも偉い。若者の感覚は、素直なのである。

学生に好かれるために教師をしているのではない。これは、幼稚園や小学校の先生でも同じである。子供に好かれることを動機や目的としていたら、先生として失格だ、と僕は考える。親も同じである。子供に好かれるために子育てをしているのではない。もちろん、嫌われると、ますますアドバイスを聞いてもらえなくなるから、適度に好かれた方がやりやすいということはあるけれど、それが主目的ではない、ということ。

政治家のように、国民の投票で選ばれる人は、好かれることが第一になる危険性があるが、親も教師も、子供や学生から選挙で選ばれたわけではない。教えることで、社会にとって有意義な人材が育つことが主たる目的である。僕の奥様の場合でさえ、十教えたうち一くらいが、たまに良い結果を生み、「そのとおりだった」と感謝されることがある。

18 「ウィズ・コロナ」ってどうなの？ これって、良いイメージなのだろうか？

「with」というのは、日本語訳として「とともに」や「と一緒に」なので、つまり、コロナを絶滅させるのではなく、コロナがあってもともに生きていく、というような意味らしい。しかし、「コロナにかかっている」は、「I'm sick with corona」なので、これも「ウィズ」である。「with」というのは、「によって」「を使って」「が原因で」などの意味もあるので、コロナで死んだ場合もウィズ・コロナになりかねない。どうも、イメージが湧かないのだが、日本の皆さんは違和感を持たなかったのだろうか？

そもそも、感染症が流行しても、社会活動を止めることはできない。人々は生活しなければならないし、生活のために必要な行動を止めるわけにはいかない。だから、最初からウィズ・コロナだったわけで、なにも変わっていない。「気持ちを切り替える」という日本人が得意な（神懸かり的）方法で対処しようとしたわけだが、韓国でも同じように謳われていたので、日本だけではないらしい。振り返ってみると、欧米は一貫してウィズ・コロナだった。もしかしたら、中国だけがウィズアウト・コロナだったのかもしれない。

　鳥インフルエンザを見てもわかるとおり、密集しているところで、感染症は広がりやすい。人間も都会に集まって、密集して生活している。自然界の分布からすれば、異常な密度である。世界の人口も不自然なほど多い。人の数を減らそう、という意見を書くと、必ず反発を受ける。これは、議員の数を減らそうと訴えても、議会の反発を受けるのと同じメカニズムであり、つまり仲間を減らすことは、動物の本能として難しいのだろう。

　しかし、IT技術によって、移動を減らし、人に直接会わない生活が可能なことがわかっただけでも、このコロナ騒動は人類にとって有意義だったと評価できる。未来の形態が垣間見《かいまみ》えたともいえるだろう。まだ観光業などから反発があるけれど、これもいずれはヴァーチャルへシフトする。身近なところでは書店がなくなり、書籍は電子化する。つまり、このような電子社会こそが、ウィズ・ウィルスだと想像される。

　ようは、そういったウィルスが出てきてから対処するよりも、出にくい社会にしていくことが重要であり、それには普段から人が密集しない環境を構築する必要がある。ただし、これは世界的な問題であって、日本だけでは解決できない。現に、日本以外で新種が発生している。防ぐことは無理だが、確率を下げること、遅らせることは可能かと。

　国が行った政策のうち、マスクを配ったこと、ワクチンを無料で広めたことは、何が良くて何が悪いかを示す効果があった点で評価できる。

19

「やんごとない」と今でも使う人がいるけれど、日本遺産級である。

おそらく、面白がって使っているのだとは思う。「少々やんごとない事情がございまして」などと断ったりする。つまり、「大事な用事がある」という意味だが、自ら茶化していて、遊びだったり、飲み会だったり、といった用事を示す場合が多い。「やんごと」というのは「止《や》める事」の意味だと思う。止める事ができない、というわけだ。似た言葉に、「よんどころない」があるが、こちらは「拠りどころがない」の意味で、微妙に違うのに、使い分けている様子は観察されない。また、「捨て置けない」というのもあるが、これも「放っておけない」という意味で似ていて、「しかたがない」に近い意味になる。

日本の趣味の雑誌の編集後記に、編集長が書いている短文があって、そこで、「好きでなければやめられない」という言葉があった。文章の流れからして、「好きでなければやっていられない」の間違いだと感じたが、その後修正されていないし、誰も変だと指摘しなかったようだ。きっと聞き流してしまうのだろう。このような二重否定は、表現としてはやや複雑だが、良く使うフレーズは意味を解さず通じてしまう。「やんごとなき」

も、「止める」と「ない」の二重否定であって、「やらなければならない」と同じだ。

さらに複雑なのは、「やらなければならないわけではない」のような三重否定であるが、こちらは論理的な解釈が求められ、全否定ではないため、ますます難しい。

そもそも「しなければならない」が二重否定で、その意味は「しろ」である。たとえば、「自転車でヘルメットを被ることに努力しなければならない」とは「努力しろ」という意味だが、では、努力しろとはどういう意味かがわからない。被るための努力とは何か？　「自転車のヘルメットはやんごとないものだ」とだいたい同じ意味だとは思う。

考えてみると、上から目線で「大事です」といわれることは、「しろ」の意味になる。「宿題をしてくることが大事です」とは、その行為の大切さを評価しているのではなく、「宿題をしてこい」という意味だったのだ。「やんごとなき宿題」なのである。「ご遠慮下さい」が「遠慮しながらしなさい」ではなく、「するな」の意味なのと同様だ。

「やんごとない」はいかにも古文で、枕草子くらいに出てきそうだが、平家物語かもしれない。「せんない」というのも、たしか古文で出てきたように覚えている。今はもう使わないだろうか。TVでも時代劇が減ったから、こういった言葉を聞く機会も少ない。僕は小説を書くようになって、言葉に注意を払うようになった、ということは全然なくて、調べたり勉強したりもしていない。国語は嫌いだったが、やんごとないものではある。

20 『作家の収支』を八年まえに上梓して、いろいろ理解が広がった気がする。

『作家の収支』は幻冬舎新書で二〇一五年発行だが、実はその五年まえ、二〇一〇年に『小説家という職業』を集英社で出している。小説家になった経緯を書いた。『作家の収支』では、原稿料がいくらで、それまでにいくら儲けたかを正直に正確に記している。

新書は二十冊以上出したが、合計すると印刷書籍が百万部以上売れているし、最近では電子書籍の方が多く売れる。また、オーディオ書籍が電子書籍の二割も売れ、なかなかのビジネスになった。もう充分なので、今は新たに書くつもりはない。

収支については八年まえに書いたあとも、おおむね減少することもなく推移している。たとえば、『すべてがFになる』は、その後二十五万部ほど重版して、もうすぐ百万部に到達しそうだ。最近になって評価が高まったのだろうか。ありがたいことだ(印税が)。

さて、本に一度近況を書くと、それが一時的なものであっても、読者には恒久的なものとして伝わる場合がある。読んだ人にとっては、それが作家の現況であると認識されるからだ。たとえば、森博嗣がまだ大学に勤務していると思っている人が多いし、名古屋に住んでいるとか、ポルシェやビートに乗っている、と呟いている人も少なくない。デビューして十年くらいの間は、そのずれは小さかったのだが、もうデビュー後四半世紀以上が経過している。大学を辞めずにずっと勤めていたとしても、今年で退官の年齢であるし、自動車だって二十年も乗るには相当優秀な専属メカニックが必要だろう。

少なくとも、その文章がいつ書かれたものであるか、読んだ本の奥付けを見ればわかる。時間の流れと、世の中の変化、そして価値観や常識の変化なども考えて理解をしていただけると、こちらとしても書いた甲斐《かい》があった、と思えるだろう。

たとえば、著者に入る印税は、読者が本を買ったからといって変化しない。本が印刷された時点で、印刷された部数分の印税を受け取る。その後、全然売れなくても、印税には影響しない。だから、書店で本を買って「森博嗣に献金した」と思うのは間違いだ、ということをかつて書いたけれど、今は電子書籍が一般化したので、この場合は読者が本を買うごとに、その一冊分の印税が著者に入るため、この頃では「献金した」は正しい認識となった。世の中は変化するのである。

電子書籍の普及は十年以上まえに予測したとおりになったし、書店がどんどん減るのも、予測どおりである。これらは、今後もっと進むはずだ。オーディオブックがこれほど売れるとは予測できなかった。イヤフォンをしたまま通勤したことがないからだろう。

21

多数の老人が少数の若者に支えられている？
まだ、その反対なのでは？

少子化や高齢化が社会問題として頻繁に取り上げられているが、多くの場合、単に言葉だけの問題として、観察をせずに、結果を決めつけたような発言が見受けられる。

少子化を解決するために、結婚を促すとか、子供の養育問題を改善するというのは、かなりずれているだろう。出生数が減っている一番の原因は、生む人口が少ないからであり、生まれたあとの環境の問題は、二次的といえる。また、高齢化は未来永劫に続く問題ではなく、老人が寿命を迎えれば、いずれは消える。以前に子供の数が増えすぎた時代があったから、今の高齢化が結果として、一時的に現れているだけだ。

日本の社会を傍観しているかぎり、若者たちが生活苦で暴動を起こしている様子はない。賃金が安い、物価高だ、就職できない、などの不満はニュースに出てくるけれど、若者の声として直接聞こえてこない。実際に、フランスのような大規模なデモはないし、ストライキもない。失業率が目立って低いわけでもなく、物価高も異常なほどとはいえない。戦争に巻き込まれることもなく、難民が押し寄せているわけでもない。

若者たちは、スマホも買えないほど、ゲームも買えないほど、スタバやマックへ行けないほど貧乏でもない。賃金は低いかもしれないが、家賃も物価も高い都会で生活している。酒を飲んで騒ぐことはできるようだが、不思議と社会に対する不満を叫ばない。

若者は多額の税金を取られるほど稼いでいない。消費税を一番取られているのは、金を使う高齢者たちだろう。また、年金をもらって安穏と暮らしているようでも、子供や孫に小遣いを渡している。少子化のおかげで、子供も孫も数が少ないから、大勢の高齢者が少数の若者を支えることができる。

実家に帰れば、住む家があり、自分の部屋がある。親が買った自動車にも乗れる。遺産が受け取れるような場合でも、相続税は取られるものの、相続者の数が少ないので、かつてより多額になる。現在の日本は、以前の好景気で蓄積された財産で、若者たちは比較的恵まれた生活が可能だ。それは、インフラや交通などでもいえる。便利だし綺麗だ。原発もまだ動いているが、これも過去の遺産を相続しているのと同じこと。

さて、しかしこのままではない。余裕のある世代がどんどん死んでいき、今の若者が老人になる頃には、もう食い尽くしているだろう。支えてくれる高齢層がいなくなったとき、新たに生きていく糧をどこに求めるのか？　インフラを整備できるのか？　新しい発電所を作れるだろうか？　若者が高齢になったとき、本当の試練がやってくるのだ。

22

しかし、その頃にはロボットが生産し、AIが考えてくれる社会になっている。

人口は減っていくが、社会を維持するための労働力はもう増えることはない。現在でも、昔に比べたらはるかに労働者は減っている。代わりに働いているのは機械である。今後は、頭脳労働やサービス業にもAIが進出するので、人間が働く必要はない。生産は維持できる。現在は、過渡期であり、まだ人間が必要な仕事が多いため、海外からの労働者を受け入れているけれど、そういったことも必要なくなる。機械化するためには、設備投資が必要だが、外国人労働者を受け入れることは、政治的な判断さえあれば費用がかからないから、一時的にそうなっている。また、外国人の労働力も賃金が上がるし、自国で労働需要が増せば、海外へ出ていく人は減るはずなので、やはり一時的なものといえる。

では、機械やAIに働かせて、人間は遊んで暮らせるのか、という話になるが、そう簡単ではない。何故なら、機械やAIを導入するとき、それに誰が出資したかによって、それらの労働の賃金がどこへ流れるかが決まるからだ。当然ながら、それらに出資できる人間は、相当な資産家、あるいは大きな企業である。設備に多額の投資をしたのだから、それらが生産する利益を受け取ることに誰も反対できない。だから、金持ちはさらに金持ちになる。格差は現在よりもさらに大きくなる。したがって、そうした金持ちが税金を支払い、その税金によって福祉を広げる社会になる以外に、仕事を失った人たちに還元されることはない。現在、補助金と称して国民への「ばらまき」が行われ始めているが、既にこの未来社会の仕組みに突入しているといえる。

機械やＡＩに仕事を奪われた人間は、何をしたら良いだろうか？　その答は、割と簡単である。遊べば良い。遊ぶことに人生をかければ良い。そういう世の中になる。そして、遊び方の上手い人は人気者になって、そこにビジネス的なチャンスが生まれるだろう。既に、現代がそうなっていることを、スポーツ、音楽、芸術、演芸、趣味などの分野で思い浮かべられるはずだ。昔の人から見れば、みんな遊んでいる。YouTuber なども、遊んでいる。遊ぶことが仕事になっている。

もちろん、その遊びの中へも、機械やＡＩが進出してくる。遊びで稼げるとわかれば、必ず集まってくる。人間は、いつの時代も、ほんの少しのリードを保って、人間らしさを発揮することで人間の支持を得るしかない。ここで重要なことは、機械やＡＩが人間に反抗するのではない、ということ。機械もＡＩも一部の人間が使っている。人よりも早く目をつけ、投資をした者がビジネスチャンスをモノにする、という繰返しである。

23

周囲が叩いていると、自分も叩けると思う。そんな社会に絶望するのか否か。

集団のイジメというのは、このようにして起こる。ネットの炎上も、だいたいこのパターンのようだ。みんながみんな、こうだとは思わない。ただ、そういう人たちが大勢いることは、現象の観察から推測できる。みんなが怒っていると、同じように怒りたくなる。笑い声に誘われて笑いたくなる。周囲が暴れていると、自分も暴れてしまう。集団の感情的な行動がエスカレートするのは、集団が個人に与える影響といえる。

こういった状況には、基本的な条件がある。それは、周囲が「見える」場所にいる、ということ。これが、普通の社会では、わりと特殊な条件だった。大勢が集まるためには、大勢が同じ場所にいなければならず、そのような環境は、スポーツを観戦していたり、都会の繁華街であったり、もう少し小さな集団では、学校や会社の中だった。かつては、集会を開いて、まずは人を大勢集めないとそうはならなかったが、今ではネットがその場所になった。なにか発言すれば、誰かからすぐに反応がある。大勢が見ているし、聞いている。そのような「周囲」を意識することが容易であり、逆に意識しない方が難しい。

　人間は、普通は個人として活動しているはずだ。自分で考え、自分が思ったとおりの行動をする。それなのに、どうして周囲の影響を受けて感情が発動するのだろうか？　なにか動物としての特性のようにも思える。理性的な判断とは思えないようなことが、かなりの頻度で観察される。これだけ大勢の人間がいるのだから、一人くらいいてもおかしくないが、そんな数ではない。非常に大勢が、不思議な行動を取る。まるで、頭脳や心がない、ロボットのような反応にも見える。どうしてこうなるのだろうか？

　考え方を改めて、そもそも人間はその程度の動物なのだ、と理解することも可能であるけれど、そう考えたところで問題が解決されるわけではない。また、そんな人間社会の中で自分も生きているのだから、どこかで折り合いをつけなければならない。最も簡単な方法は、なるべく他者と関わらないこと、騙し騙し生きていく、それしかない。

　ほんのたまに、人間も捨てたものではない、と思えることもある。大勢の人間が、こぞって善行を見せることがある。悪い方ばかりではない、集団につられて良い方向へ向かう場合もある。考えない行動の集合だということは同じでも、結果は悪くない。これをどう評価するべきか、考えどころだと思う。これだけ長い間、人間は生き延びてきた。戦争ばかりして、弱い者をいじめ、自分が勇者だと信じたい馬鹿な一部の人間に、大勢が支配されているわりには、絶滅せずに、少しずつ良い世の中をまだ作ろうとしているのだ。

24 誤解されることに抵抗がまったくない、という話が信じてもらえないようだ。

でも、べつにかまわない。信じてもらえても、特に僕に利益はないから。他者にどう思われても、直接的な被害がなければ、なにも問題はない。逆に、他者にどれだけ好かれても、べつに影響はない。良い気分になるということはない。そんなことで嬉しくなるほど、人のことを気にしていないし、そんなことを考える時間が惜しい。

多くの人たちが、他者、特に周囲の人たちに自分がどう思われているかを気にしていることは知っている。どうしてなのか僕には理解できないけれど、そういうのが普通だと一般には思われている。でも、そうではない人間もいることを知ってほしい。否、知ってほしいというほど強く願ってはいない。知ってもらわなくてもかまわない。

他者がどう考えているかを読むことはできる。それは、観察していれば自《おの》ずとわかる。なにしろ、人間はわりとワンパターンで、感情的な反応はシンプルである。そして、人が何を考えているかを読むことで、こちらの行動を決めることはある。大勢の他者とともに社会で生きていくためには、あらゆる場面で人の行動を推測する必要があるし、そうすることで自分がより有利になる選択ができる。ビジネスでもそうだし、人間関係においても有益である。だから、他者の存在が念頭にない、という意味では全然ない。

僕は、周囲からは人当たりが良い人間だと思われているだろう。関係が浅い人には、友好的だし、笑顔で挨拶し、相手の話を聞く。間違ったものを正したり、意見に対して反論するようこともない。そうしないのは、しても無駄だからである。友好的に接する方が、自分には有益なのでそうしている。人に好かれたいからではないが、嫌われると損を招くことがあるので、軽く演じるだけのことで、大した労力でもない。逆に、僕と親しくなるほど、僕は突《つ》っ慳貪《けんどん》になるだろう。演じる必要がないし、相手が僕という人間を理解している、という信頼からである。わざわざ飾る必要がない関係になる、ともいえる。

僕は人を裏切ったこともないし、また裏切られたこともない。相手がどう思っているかは知らない。こちらから観察して、そう認識している。あるいは、裏切られるほど信頼していないのかもしれない。友情や愛情というものに期待をしていない、ともいえる。

寂しいと感じたこともない。生きている間は、とにかく楽しいことを考え、つぎつぎと楽しいことを実行してきた。失敗したことは数知れないけれど、後悔したことはない。これまでの人生のいつよりも、今が一番楽しい。今の自分が、自分史上最高だと思っている。いろいろ覚え、いろいろなことができるようになった。これからも楽しみたい。

25 ついていないな、と思ったことはないが、運が良いなとは、いつも思う。

自分一人でなにかの作業をしているとき、失敗ばかりしている。手に持っているものは落ちるし、落ちたものを探しても見つからない。悪いことが重なって、悲惨な結果になることも頻繁にある。「あぁあ、もう」と溜息をつく。しかし、腹を立てても自分しかいないのだし、自分に当たっても痛いだけなので、最近ではこんな状況も楽しむことにしている。そのうち、可笑《おか》しくて笑えてくる。もっとゆっくり動こう、と自分に言い聞かせる。とにかくせっかちだから、早く動こうとして失敗することが多いのだ。

誰かと一緒に作業をしているときは、ついていない事態になっても、まあしかたがないか、という気持ちしか湧かない。こういうときは、我々には運がないのだな、と解釈できる。僕の運ではない。みんなに運がなくて、平均してこうなったのだな、と。人を責めるようなことはしない。責めても利益がない。人に当たっても、なんの得もない。

それほど困った場面に至ったことがない人生だった。どうしてこうなったのかは、もちろんわかっている。困る場面になるまえに手を打ったからだ。困るのは嫌だから、できるかぎりの対策を練った。あらゆる予防線を張った。トラブルは、だいたい予想したとおりに起きるから、用意しておいたバックアップが機能して被害が最小限になる。このときは、「ああ、良かった」とほっとする。そして、運が良いなあ僕は、と感じる。神様は信じていないけれど、誰もが自分の中に神様を持っているだろう。だから、運が良いのは、その人の神様の力であるから、自分の神様に感謝することである。

ついていないこと、運が悪いことは、ほぼすべて自分の単なる失敗である。なにかを忘れたり、大事なことをしなかったり、気づくべきことを見過ごしたり、良い結果だけを期待していたからそうなった。何が大事か考え、どんな失敗が起こりそうか予測し、悪い結果になった場合の対処を想定しておくことで、不運はほぼ取り払われる。

そもそもそれ以前に、ついている、という状況の意味が不明である。運というのも、結果の評価であり、単なる表現の一つである。実際問題として、事象になんら影響をしていないのは確実で、もちろん科学的に実証できる。ようするに、そういうものは存在しない。実は、「良い」「悪い」だって、結果の評価であって、事象には無関係だ。宇宙には、良いものも悪いものも存在しない。ただ、個人の一時的な評価にすぎない。気のせいとさほど変わらないだろう。原発の事故は不運ではない、単なる失敗だった。福島のあの事故のとき、僕はこう書いた。これで、原発はこれまでよりは安全なものになるだろう、と。

26 物語では、個人が活躍しすぎる。個人がそれほど活躍した事例はあるのか？

日本のドラマ（映画やアニメを含む）の主人公が若すぎる、という話は既に幾度か書いた。最近、少しずつ年齢が上がってきたように観察できる。そのためか、女優であれば、「奇跡の四十代」などと形容され、実年齢ではなく雰囲気を見ろ、という補正に躍起《やっき》になっている様子も窺える。ハリウッド映画では、一時老年が大活躍するものが増えた。これは俳優が歳を取ったし、観客も歳を取っただけのことで、若い世代は金を払って劇場へ足を運ばないのだろう。しかし、そろそろみんな引退するだろうから、いずれ若返る。

もう一つ、これらのドラマでありがちな傾向といえば、それは一個人が社会の大問題、あるいは人類の危機を救うというシナリオである。これは、ヒーローものの大前提なので、しかたがないといえばしかたがない。この「しかたがないといえばしかたがない」という言葉は、ほとんど意味がないがよく使われるし、文字数が多いので重宝《ちょうほう》されている。類似のものとして、「当たり前といえば当たり前だ」がある。せめて、「しかたがないといえば当たり前だ」くらいに捻《ひね》ってもらいたいところだが、ほとんど意味は変わらない。

人類の歴史を隅から隅まで知っているわけではないけれど、一人の人間の活躍で歴史が大きく動いたり、変わったり、それこそ人類の危機が回避されたという話は実話としては伝わっていない。そういうことはなかったのだろう、きっと。たいていの場合、誰か一人が言い出したとしても、少なくとも複数の人間が賛同しないかぎり、集団は動かないし、集団が動かなければ、歴史は変わらない。危機も回避できない。たとえば、ある一人が犠牲になって、全人類が救われたというような都合の良い話も聞いたことがない。

悪者の拠点であるデス・スターが、中心部に戦闘機が突っ込んだだけで大爆発するような都合の良い設計になっているなど、簡単にいえば「出来過ぎ」な設定がドラマにはよく登場するが、ドラマというのは、そもそも出来過ぎなもののことだから、文句はいえない。「起死回生」というのは、野球でいうと逆転満塁ホームランのようなものだが、現実にはあまり起こらない。何故なら、相手はそうならないように極力対策を練るだろうし、デザインではフェールセーフが原則で、危険を回避するように考えられているからだ。

暴君が行う悪事であっても、暴君一人を倒せば楽園に変わる、というわけではない。つい、あの大統領さえ暗殺すれば、という思考をしてしまうのは、ドラマ頭である。人間が死ぬことは、機械の故障やプログラムのバグより予測しやすいのだから、必ずそれなりの手が打たれている。人間一人が人類に決定的な影響を及ぼすことはありえない。

27 個人の力や能力によって、どれくらいのものが生産できるだろうか？

人間の価値とはどのように測られるものか、と考えたとき、たとえば「善人だった」「優しい人だった」「家族や仲間を大事にした」などと語られることが多いのだが、そういった主観的で定性的なものではなく、もう少し定量的な評価があった方がわかりやすい。「偉大な」という表現があるが、これは何を意味しているのだろうか。少なくとも大勢が知っている、つまり「人気があった」「人望があった」なども、同じくその大きさを示しにくい。逆に、大勢に知られていなくても、大きな価値を持った人がいるはずだ。

その個人の経験のうち、なんらかの形で外部に影響を与えたとき、はじめて観察することが可能となる。たとえば、何を知っていたか、何を考えたか、は観察できない。何を語ったか、何を成し遂げたか、という出力だけが、社会に影響を与えるので、その個人を評価するためには、そうしたものの観察によるしかない。

一例を挙げるなら、その個人が稼いだ金額が、その人の価値の指標といえる。そんなもので人間の価値が決まるなんて、との反発はあるだろうが、その人間が社会に対して生産したものは、大部分はその人の「稼ぎ」として還元されるだろう。少なくとも、その遺族には還元されるはずである。社会的な価値を量で測れるものは、ほぼこれしかない。

したがって、多くを稼いだ人物は、多くを生産したし、また社会がそれだけ潤ったから、その対価がその人物に支払われた。このとき、効率面での誤差は大きいかもしれないが、まったく見当違いの観察になるとは考えられない。

たとえば、小説家などは、ほぼ一人で生産する。人の手を借りない稀な職業だ。小説家として人気者になれば、数百億円を稼ぐ人もいる。これは、一人の才能が生産したもののほぼ上限ではないか、と考えられる。ただし、実際にはその一桁小さいくらいが、純粋な個人の生産量であり、それ以上のものは、あやかって儲けたい人が個人に群がって、ビジネス的な展開を行うことで、増幅された結果と分析できる。

個人が発想したものが爆発的にヒットし、莫大な収入があったとしても、やはり、それで儲けようとした周囲の労力が加わって、本来の価値が増幅される。逆に、その増幅行為に失敗し、減衰させてしまうような場合も見受けられるので、元の価値が大きい場合ほど、周辺の作用が加わる割合も増加し、本来の価値を測りにくくなる可能性が高い。

個人が生産するものは、情報か物体かにかかわらず、その価値を測るには、社会の反応を見るしかない。その反応が最も精密に現れるのが、金銭的な対価なのである。

28

「しかない」「すぎる」という強調表現によって失われた機微に思いを馳せる。

「愛しかない」というのは、愛が沢山あるという意味であって、ほかに足りないものがあるとの本来の意味では、今の若者には通じない。「美しすぎる」というのは、もの凄く美しいという強調であって、その裏に隠れた欠点あるいは被害を、今の人たちには想像もさせない。本来、この表現が持っていた日本語の機微が失われたわけで、では、それらは今ではどのように補完されているのだろうか、と観察してみたのだが、意外にも、顕著な代わりの言い回しに出会わない。これらは、英語でも同様で、「so」や「too」で形容詞が強調されたら、聞いている方は「but」と相槌《あいづち》を打ち、その後にやってくる否定的な内容に身構えるものだが、今では、そういうことがない場合が多いらしい。

つまり、今の若い世代には、そのような言い回しが必要ない。否定的な部分を最初から持たない。わかりやすくいえば、「皮肉」を語らない思考回路のようだ。これは、そういう恵まれた環境で育ったおぼっちゃま、お嬢ちゃまなのか、と訝《いぶか》しむしかない。諺にもある「過ぎたるは及ばざるがごとし」というのも、きっと理解できないのだろう。やりすぎたら、やらなすぎるのと同じだ、といわれても、「やらなすぎる」が通じないので説明もできない。

「微妙」という言葉も、否定的なものだけになった。本来この言葉が持っていたナイーブな感覚はもはや失われている。つまり、このようなわかりにくい表現は、淘汰されてしまった。何故なら、そんな微妙な言い回しができる人間が減ったからだろう。愚直な言い方になるが、馬鹿が増えた。というよりも、馬鹿まで発言できる世の中になった、ということかもしれない。それはそれで、悪いことではない。みんな生きているのだ。手のひらを太陽に翳《かざ》してみたら、真っ赤な血潮が見えると言い張る連中のことである。

「しかない」なんて使わずに、「だけある」でも良いのではないか。「愛しかない」とは「愛だけがある」と同じ意味だ。ほかにはなにもない。思いやりとか、優しさとか、献身とか、犠牲の覚悟とか、控えめな一方通行の純文学的な愛などは、今はもうない。

ところで、「しがない」はもう使う人がいないようだ。かつては、自己紹介でこれが常《じょう》套句《とうく》だった。みすぼらしい、つまらない、貧しい、という意味だが、この「しが」というのは、「さが」から来ているとか、「買ったためしがない貧乏な人」の、「しがない」だとか聞いたこともある。こういう「わけありすぎる」言葉の表現を覚えると、ちょっと話を聞いたときの印象に深みが出るのだけれど、まあ、その程度の効果しかないか。

29 タッチパネルって、手を沢山動かすから面倒って思うのは、昔の人ですか？

タッチパネルは昔からあったデバイスだが、おそらく、高価な部品だったのだろう。それに、世間の人々は、ボタンを押すことに慣れ親しんでいたから、押しても凹《へこ》まないスイッチなんて信頼できない代物だと見なしていた。切符売り場やATMがタッチパネルになって、コンピュータもパッド型のものになった。今後は、タッチしないでも作動するものにまた代わっていくことだろう。

パッド型のコンピュータを僕は使っていない。買って少し使っただけで嫌になった。指を動かすのがしんどい。マウスだったら、ちょっとの動きで大きなモニタの端から端まで飛ぶのに、タッチパネルだと手を大きく運動させないといけないので疲れる。キーボードも、やはり指が慣れているので、タッチ式のものを使う気がしない。自動車の運転席でもタッチパネルは不適切だ。運転手は前方から目が離せない。目が不自由な人にとっても、タッチパネルは困るだろう。家電のスイッチなどで問題となるはず。

たとえば、ラジコンの操縦機などは、レバーを指で動かす方式である。タッチパネルというのは、見ないとどこになにがあるのかわからないから、飛んでいる飛行機から目を離せない場合、不適切なのである。これは、キーボードでも同じ。目はモニタを見ていて、指は勝手にキーボードを叩いている。キーの位置は、指の感覚で確かめているのである。

鉄道模型のコントローラがタッチパネル式になった。操作する項目が多いため、最初は押す場所が小さくて、指では確実に押せない。だから、ペンが付属していて、それでタッチした。そのうち、プログラム的に改善され、処理も高速になったので、指で押せるようなユーザ・インターフェイスになった。まえがきに書いたとおり、このコントローラを起動させたまま部屋を離れていたら、奥様（あえて敬称）の叫び声が聞こえ、同時に喧《やかま》しい音が鳴り始めた。鉄道のレイアウト（ジオラマのこと）で、特急列車が三編成、猛スピードで走り回っていた。最近の鉄道模型はサウンド付きなので、蒸気機関車ならドラフト音と煙が出るし、電気機関車やディーゼル機関車もモータやエンジンの音が鳴る。どうしてこの騒ぎになったのかというと、奥様がコントローラのモニタの埃を濡れティッシュで拭こうとしたためだった。親切が仇《あだ》となったわけである。便利なツールにも欠点がある。

タッチパネルもなくなり、音声入力になるといっている人もいるけれど、声で指示をするなんて、まどろっこしいし、周囲に迷惑だし、だいいち声が嗄《か》れてしまうだろう。便利なデバイスが、効率が良いとは限らないということは、事実として確実にある。

30 カップヌードルはふりかけが入っていなくて良いよね、と奥様と話し合った。

五十年くらいまえからカップヌードルはある。それ以前は、インスタントラーメンだった。これらの商品は、最初はお湯をかけるだけだったが、そのうちいろいろなトッピングが付属するようになり、スープや油、チャーシューやふりかけなど、別の袋に入っているものが増え、その豪華さを競っている時代があったように思う(今でも、そう?)。最近、森家でストックされているカップ麺は、ほぼ例外なく、こうした別袋がないものだ。たぶん、奥様がそういう安い商品を買ってきているのだろう、とは思う。僕は、カップ麺を二カ月に一度くらいしか食べないけれど、ストック棚から選んで、お湯を入れるだけのものだと楽だな、と感じる。小さい文字の手順を読まなくても良いからだ。

この種のシンプルさは、いろいろなもので観察できる。かつては、説明書を読むことが楽しい、いろいろ選択できて、手間をかけることで充実感を演出していたのだが、あっさりと廃《すた》れたようだ。簡単な方が良い。特に日常で用いるものはなおさらである。加えて、ビニルごみを出さないことでも評価されるだろう。環境というより、捨てる行為が面倒。

カップ焼きそばは定着したようだが、カップライス系は、新商品が出ても、いつの間にか消えているように思える。お湯をかけてライスができるものだが、チンしてできる商品に勝てないということか。でも、停電のときは電子レンジは使えない。お湯は薪《まき》ストーブでも沸かせるし、キャンプ用品でも沸かせる。災害時に食べることができる。

インスタントラーメンの場合も、スープも麺に染み込ませてあるタイプが簡単で、お湯をかけるだけというシンプルさで長く人気を得ている。簡単であることは貴重なのだ。

コンビニのおにぎりやサンドイッチも、食べる手間がかからない。なにもしなくて良い。弁当などになると、ソースや醬油が別のものがあって、面倒だし、容器がゴミになるし、箸《はし》やフォークが必要だったりするので、シンプルとはいえない。

工具なども、シンプルな方がよく使われる。いろいろな状況に対応できるマルチ工具は、登山に一つだけ持っていく、というような特殊な条件でなければ使われない。アタッチメントを取り替えるのが面倒だし、アタッチメントがどこかへ行ってしまったりする。

電化製品も、かつては数々のオプション機能が付属し、それを操作するスイッチも多かった。メータがあったり、調整のための表示がモニタに現れたりしたが、そういうことはなくなり、スイッチも消え、操作はシンプルになった。そもそも人間の頭脳が、そこまでマルチではなく、多くのオプションを覚えられないことに起因しているのだろう。

31 「今年のベスト」なる記事が横行するのは、発売後すぐ買われるという驕《おご》りか？

年末が近づくと、各方面で今年のベストテンなるものが発表される。その一年で世に出た商品の中から、人気があったもの、よく売れたもの、評判が良かったもの、あるいは一部の人たちの投票などで、順位を決めているようだ。このようなことをするのは、もちろん宣伝が目的であり、少しでも多くの消費者に購入してもらいたいからである。

常々感じていた違和感は、「何故この一年に限るのか？」という疑問から生じる。そんなことは誰も疑いもしないかもしれない。それに、当該の業界に身を置く人たちには、「売りたい新製品」なのだから、当然の選択範囲だと認識されていることだろう。

昔はこれで良かった。戦後の日本は貧しかったし、社会に充分な商品が供給されず、また、選択できるほどの品数もなかった。消費者はすぐに新製品に飛びついた。新しいものは性能も新しい、これまでにない魅力があった。だから、みんなが興味を示していた品々からベストを選ぶことにも理由があったし、その情報を大勢が欲しがっていただろう。ベストテンを見て、買いたくなる人が多ければ、それが宣伝効果として表れる。だから、このようなベストが数々の分野で発表されるようになった。

今は、残念ながらそういう時代ではない。日本は豊かになった。社会には充分すぎるほどの商品が供給され、選ぶにも選びきれないほど多くの新製品で溢れかえっている。また、その業界が充実するにつれて、新製品の目新しさがなくなった。たとえば、顕著な性能アップがもうできない。技術的にも頭打ちになっている。技術的なものでない、たとえば書籍に関しても、書き手が大勢いて、とんでもない数が出版されている。消費者は、どれが新しいものかもわからない。また、そんなこと気にもしていない。新しくても古くても、同じ価値だと認識しているだろう。

だから、今年一年という範囲でベストを決める理由が、既に消えている。そうではなく、これまでのベストを選んだ方が参考になる。少なくとも最近十年間で選ぶとか、範囲を広げる方が需要に応《こた》えられるだろう。書籍であれば、文庫が発行され数年間が経過したものの方が良い。新しい商品に注目しているのは、生産者や販売する人たちだけなのだ。

商品の息は長くなっている。大量生産せず、売行きに応じて生産する形態にシフトしつつある。出したらすぐに世間に広まるという感覚は古い。かつては「新発売」という三文字が商品の宣伝になったが、今は「だから何なの？」と見向きもされないだろう。それよりも、長年にわたって売れ続けているものに、消費者の視線は向いている。

32 庶民を貧乏人として扱う傾向があるが、それはあまりにも失礼ではないか？

「庶民の味方」と称して、安価なものが紹介される。値段的にお得な情報は、「庶民には嬉しい」と表現される。庶民は安ければ良いという意味にさえ聞こえる。「庶民」という言葉には「貧乏人」という意味は含まれていない。せいぜい、「貴族ではない」程度だろう。だから、庶民にも金持ちはいるし、もちろん貧乏人もいる。また、多くの人たちは経済的に平均といえる層である。それなのに、そんなに安さに飛びつく人として扱われるのは、ちょっと納得できない。トランプの「大富豪」には「平民」という役目があるが、この平民でも貧民よりは上だ。マスコミが使う庶民には「貧民」の響きがあるのでは？

このように人の一部の集合を、あたかも全体であるかのような名称で呼ぶことが多い。たとえば、「ビジネスマン」というのは、満員電車で出勤する人たちのことで、マイカーで時差出勤する人は含まれないようだし、「親子連れ」というのは、どこかへ出掛けている子供が小さい若いファミリィの意味で、家で介護をしている親子は含まれない。

「市民」という呼称もよく使われる。たいていは、街を歩いている人のことで、適当な人にマイクを向け、取材側の意図に沿った発言をする人のことである。反対の意見を述べた人は、市民ではないのでカットされる傾向にある。「市民団体」といった場合には、多くは左寄りの政治活動をしていて、右寄りで宣伝カーに乗っている人たちは市民だし団体のはずだが、「市民団体」とは見なされない。「庶民の生活を守りたい」とスピーカを使って演説をしている人たちの周りで拍手をしているのは、「庶民」より「市民」っぽい。

人は何故貧しくなるのか、という原因を考えてみると、仕事で稼いだ多くない金を、なにか無駄なことにつぎ込んでいる傾向が見られる。それは、借金の返済である場合が多いし、ギャンブルや酒なども、比較的高価な買いものであり、短時間で金が消えてしまう。そういったところを改善するのが、本当の「庶民の味方」ではないか。まずは、庶民が何をしているのか、具体的に観察することが先決だ。洒落《しゃれ》ではないが「庶民の見方」があまりにもぼんやりとして、既成概念に基づいているうちは、「味方」になれはしない。

そうした根本的な改善に着手することなく、とにかく金をばらまこうとする。しかも、その金は、役所に申請しないともらえない。よく意味のわからない日本語を読み解き、申請書を記述するような知性がある人は、生活に困窮していない確率が高い。それどころか、申請が得意なことを吹聴し、詐欺行為などの悪さをすることもある。政治からもマスコミからも市民からも見捨てられがちなのが、「庶民」らしい、と理解している。

33
その人にとって満足できる金額を所有している人を「お金持ち」という。

それ以外に、定義ができない。いくら持っていれば「お金持ち」になれるのか、という境界値は定められない。その人の生き方、環境、そしてやりたいことによってさまざまだからだ。したがって、いくら多額のお金を持っていても、不満があればお金持ちではないし、少額であっても、それで満足ができる人は、立派なお金持ちだ。

多額の金額を所有している人は、たいていの場合、その金をなにかに投資し、もっと金を増やそうとしている。金を増やすことに忙しい人であって、とても「お金持ち」とはいえない。そして、多くの場合、金を増やそうとすることが、最も金を失いやすい行為なのだ。おそらく、自分の金が増えたり減ったりするのが面白いのだろう。そういうスリルを味わっているとしか思えない。ギャンブルに似ているし、それも一つの趣味である。

質素な生活が好きな人も、わりと多い。特に若い人に多いように見受けられる。これは、豊かな社会で育ってきたから、このような穏やかさを育んできたのだろう。素晴らしいことだと思うけれど、このような生活は、健康に支えられている。老人になっても健康であれば、お金持ちのままで生きられる。健康を失うと、お金の使い道が増えるため、お金持ちでいられない。これを維持するための金銭的な余裕があれば、少し長続きする。

大事なことは、自分の将来についての見通しである。人間なんて、せいぜい百年ほどしか生きられないのだから、近い未来の予測は簡単だ。今は満足できても、将来にわたって大丈夫か、という思考が必要になる。お金持ちでありつづけるためには、十年か二十年は最低限見通して、計画を持っているのがよろしい。

お金がなくなったときは、また貧乏になれば良い、という考え方も強力である。貧乏になっても、命を取られるわけではないし、たとえ命を取られたとしても、それが人生だと思えれば、さほど焦《あせ》るようなことでもない。そうなったときはそのときだ、という諦《あきら》めを早いうちから持っていることは有意義だろう。この覚悟をいつも繰り返し自身に対して、そして身近な人たちに対して語っておくと良い。これもお金持ちの心得の一つである。

お金というのは、「欲しい」ものを手に入れるというよりも、「したい」ことを実現するものだと考えた方が間違いがない。もし欲しいものがあったら、それを手に入れて何がしたいかを考える。それだけのことで、無駄なものを欲しがらずに済む場合が多い。ということは、「したい」と思わなくなったら、永遠のお金持ちだともいえる。お金持ちなんて、所詮それだけのものである。大して尊くもないし、もちろん偉くもない。

34 「ふともも」と「もも」は、場所が違うのか問題。

小説を書いていると、人間の躰の部分の名称がどうしても必要になる。「手」の場合、「指」「手」「手のひら」「手の甲」「手首」「腕」「肘《ひじ》」「二の腕」などの言葉があって、だいたいどこのことかがわかる。やや難しいのは「手」と「腕」の使い分けである。「手を組む」と「腕を組む」は明らかに別の動作だ。「手を上げる」と「腕を上げる」では動作がどのように違っているのか?

「足」と「脚」の使い分けも難しい。また、「足」は「足首」より下の部分で、「腿《もも》」から「爪先《つまさき》」までを含めて「脚」なのか。それとも、「足首」より上のみを「脚」というのか。「脚」は組めるが、「足」は組めない?

「膝《ひざ》」より下は「脛《すね》」であり、上は「腿」という。しかし、「太腿」ともいわれる。「腿」のうち、「股」に近い部分が「太腿」で、「膝」側ならば、ただの「腿」だろうか。辞書を調べてもよくわからない。「太腿」と「腿」は同じ部位を示す、と書かれているものも多い。「太腿」には、「大腿《だいたい》」という名称もあって、これは解剖学の言葉だそうだ。「太」のときは訓読み、「大」のときは音読みである。あと、「細腿」という言葉がないのも不思議に感じる。「細腿」があれば、「腿」を上下で二分できる気がするが、人によって、太い場合も細い場合もあるから、そもそもこの形容が不適切かもしれない。

「脛」は、「齧《かじ》る」や「疵《きず》を持つ」といった慣用的表現があるが、「腿」にはない。昔の服装だと、脛までしか見えなかったからだろうか。一方、腕の太腿といえる「二の腕」があるのに、腕の脛に当たる部分の名称がない。この際、統一性を重視し、是非、「一の腕」としてもらいたい。ここで調べてみたところ、元々は、「一の腕」もあったらしく、しかも肩側が「一の腕」で、手首側が「二の腕」だったそうだ。肘鉄を食らった気分だ。

腕と脚以外でも、「胴」には「胸」や「腹」や「背」などがあり、「脇」「脇腹」「下腹」がある。「股」「肩」「首」などの連結部にも名称があり、「頭」や「顔」にも、「額《ひたい》」「顎《あご》」「眉間《みけん》」「顳顬《こめかみ》」など難しい。「銃で顳顬を撃たれていた」と小説に書いても、読者の二割くらいは「眉間を撃たれた」と解釈しているようだ。

さらに、着ているものにも、「袖《そで》」「裾《すそ》」「襟《えり》」などがあって、どこを示すのか、本当に通じているのか、不安になる。シャツもズボンも一番下は「裾」なのか？

犬は四本脚だが、前の脚は「腕」だろうか？　森家でも見解が違うので、よく衝突する。「前足は拭いたよ」というと、「手のこと？」と奥様に睨まれる。

35 「おしくら」「ぷりくら」「かまくら」「たべくら」のうち仲間はどれか？

もう少し丁寧に記述するなら「おしくらまんじゅう」「プリント倶楽部」「鎌倉市」「食べ比べセット」くらいだろうか。もちろん、正解は「おしくらまんじゅう」の「くら」が、「競べ」であることで判明する。躰をぶつけて押し合うあの遊びは、「押し合いっこ」をしている、すなわち押して力比べをして、競い合っているのだ。

倶楽部というのは、グループのことで、日本語では「部」に当たる。学校の「クラブ活動」がそれだが、単なる集団というよりは、同じ目的や趣味の人間が集《つど》う会のことで、同好会と同じような意味合いのもの。さらに、鎌倉の「倉」は、「蔵」とも書いて、日本古来の倉庫のことで、ちょっとしたお金持ちの家にはこれが庭に建っていた。大事なものを入れておくのだが、どうしてそんなことをするのかというと、生活をしている家屋は、泥棒が入りやすいし、また火事にもなりやすい。蔵は、窓もなく、出入口は頑丈で施錠されているので、泥棒が侵入する隙がない。また、土塀で守られ延焼しにくい造りになっていて、火災から家宝を守った。西洋でいえば「金庫」に相当する。

　さて、おしくらまんじゅうという遊びだが、子供のときにやった体験はある。あまりよく覚えていない。なにしろ、それほど面白いものではない。寒いときに躰を温める効果がある程度だ。本来は地面に丸い円を描いておき、押し合って、その円から出た者が負けとなる。たぶん、そんなルールだった。二人で背を向けて立ち、尻をぶつけ合い、立ち位置から移動したものが負け、という尻相撲の方がテクニックや運動神経を要して、多少はゲーム性がある。おしくらまんじゅうは、多人数でこれを行うのだが、複数の相手がいると、姑息な手は使いにくく、自分が押されないようにひたすら押し返すしかない。

　力学的に考えると、相手が押してきたとき、それを受け止めるには、同じだけの力を加える必要がある。どちらかの力が大きければ、その力の向きへ全体が移動する。この反発は、人間でなくても良い。たとえば、一人で樹の幹を押してみよう。樹は力を受け止めてくれる。押している自分は、相手が人でも樹でも同じであり、エネルギィの損失も同じで、同じだけ躰が温まるだろう。樹は動かないので、物理量である「仕事」にはならないように思えるが、実はほんの少し凹んだり、曲がったりしているので、その分がエネルギィとなる。お相撲さんが、柱に向かって「鉄砲」と呼ばれる稽古《けいこ》をするのと同じだ。

　おしくらまんじゅうの歌で、「押されて泣くな」という部分がある。押されたくらいで泣くか、と思われるかもしれないが、人数が増えると人が死ぬことだってある。

36 「生放送」も「中継」もいらない、と視聴者はTV局に教えた方が良い。

現場に立って中継する報道は不要だ、ということを何度か書いている。録画してから、放映すれば良い。わざわざライブで中継して、どれほど有用な情報が得られるだろうか？　日本の友人から聞いた話では、つい先日、フィリピンから護送されてくる容疑者が乗っている警察の車を、ヘリコプタから捉えた映像を、各局が放映したそうだ。どのチャンネルもこれを同時に流していたという。そんなことをして何の価値があるのか？　馬鹿馬鹿しいにもほどがある。もっと調べたりする対象があっただろう。金やエネルギィや公共電波を使ってやることだろうか？　そんなものを見たい人がどれくらいいるのか？　その時間にニュースを見たいと思っていた視聴者は、呆《あき》れ返ったのではないか？　ことの重大さが測れないほど、マスコミの感覚は鈍っているとしか思えない。

TVは今やジリ貧だから、取材する人員もいないし、編集するスタッフも不足しているのかもしれない。桜が咲いたところを報じたり、視聴者が撮影した動画を流したり、スタジオにコメンテータを呼んで、どうでも良いひとことをいわせたりして、時間を稼《かせ》いでいる。そうしないと、持ち時間を消費できない状況なのだろう、きっと。

新聞はもう三十年くらい読んでいないので、今どうなっているのか知らないが、おそらくまだなにも変わっていないことだろう。ただ、発行部数がどんどん減少し、やはり取材して問題を掘り下げる力を失っているものと思われる。そもそも、自身の誤った報道をしっかりと正すことができていない。最近では、週刊誌の方が取材力があるように見える。もしかして、力のある記者が、そちらへ流れたのだろうか？

生放送というのは、その時間ですべての収録が完結するので、段取りは大変だが、結果的に少ない労力で同じ時間の番組を制作できるメリットがあるという。見たことはないので、想像で書いているが、きっと間伸びして、面白くない会話をして、やらせっぽい応酬になるだろう。ハプニングも、台本どおりにきまっている。ＴＶというのは、昔からそういうことをするのだ。僕の庭園鉄道をＮＨＫが取材にきたときも、「先生、むこうに蟻《あり》がいますよ。線路がやられますよ」と騒いでいた。僕がそちらへ見にいくシーンを撮りたかったのだろう。まったく気にせず、「あ、そう」と応えたから、空振りになった。

編集をすれば、切り取りがあり、都合の良いところしか放映されないから、それに比べれば生放送は、嘘はないかもしれない。ただ、とにかく面白くない。どういうものが面白いのかを、頭をリセットして考え直さないかぎり、ＴＶに未来はないだろう。

37 「百パーセント悪いのは確かなのだが」と言ってしまったら、あとは話すな。

事件やトラブルが発生したとき、それについて意見を述べる個人が、今では大勢いる。まったく無関係であり、また専門家でもないのに、「もの申す」ことで、アイデンティティを維持しようとする、というよりも、自身を売り込む活動の一環と見られる。「加害者が全面的に悪いのは当然にしても」と断っておきながら、それ以外の責任を追及したりする場合が散見され、そのトラブルの責任が、社会、政治、あるいは団体、あるときは被害者にもあるのでは、と語られる。コメンテータなども、「犯人が百パーセント悪いのは当然として」と最初に述べれば、他の方面に目を向けて、ついでに非難ができるような具合になっている。これは、一部ではあるが、犯人や加害者を擁護する立場といえる。少々意地悪だが、「つまり、百パーセントではないわけ?」とききたくなる。

法を犯した人間を擁護することに対して反論されないように、用意周到な断りを入れておく言論ではあるが、客観的な立場として、「百パーセント」「全面的」が、言葉だけの条件となっていて、実際の意味として働いていない。もし、本当に「百パーセント悪い」のなら、その後の意見をいうべきではない。また、「犯人を擁護するわけではないが」とか「加害者に肩入れするつもりはないが」という断りも、そのあとの別の理由が、他所の責任に言及している以上、擁護しているし肩入れしているため、最初の断りと矛盾する。「百パーセント」や「全面的」ではなく、最初から「九十パーセント」や「大部分は」と述べることで、その意見の精度が上がるだろう。自分は残りの十パーセントについて述べたい、という意思表示にもなって、論点の重心がより明確になる。

「同情すべき点もある」とまではいえない雰囲気を、社会（特にマスコミやネット）が醸《かも》し出している場合が多い。なんとなく、右へならえの空気が（特に日本には）あって、ものが言いにくくなるわけだが、元来、意見というのは、自由に発言できるものであるし、周囲から叩かれる意見ほど、発言する価値がある、と考えるべきだ。同調するための発言ばかりが声高《こわだか》に繰り返されがちで、ときには水を差すもの言いが必要だろう。

ただ、法に触れるというだけで百パーセント悪い、と結論するのも絶対に正しいとはいえない。そのために裁判という制度がある。また、態度が悪い、嘘をついた、責任を逃れようとした、誤魔化そうとした、などで評価が下がっても、これらの多くは自己防衛であり、人権の一部として認識できる。不利になることは確かだが、絶対的な悪とはいえない。なにごとも、言い切ることはできない、と考えた方が妥当であり自然である。

38

愛知万博からそろそろ二十年。当時から太陽光発電の問題点を書いていたが……。

二〇〇五年だったらしい。僕は見にいっていない。青少年公園と呼ばれていた郊外の緑地で開催された。その後この近辺に太陽光発電のパネルが設置され、緑が失われるなあ、と感じたことだけを覚えている。この万博は「愛・地球博」であり、「環境問題」を前面に出していただけに、残念なことだと思った。もし、環境問題をテーマにするなら、建物を建設したり人を大勢集めたりせず、ＩＴ技術を駆使して、ヴァーチャルで行うべきだ、とも述べた。二十年が経過しようとしているが、さて大阪の万博には活かされているだろうか。またしても、建設工事が行われ、人を集め、二酸化炭素を増やすのか。

その六年後に津波による電源喪失で原発事故が発生した。それから、多くの人が「原発はいらない」との声を上げ、政治家や芸能人も原発廃止の運動を始めた。このままで「地球環境を守ろう」と言ってきた人たちも、これに加わり、ではエネルギィはどうするつもりなのか、と首を傾げて見ていたら、太陽光発電で賄《まかな》えるといいだした。誰だったか、日本の道路上にすべてパネルを設置すれば、電力問題は解決する、という。

当時、僕はブログなどにこっそり書いたが、太陽光発電や風力発電で解決できる問題ではないし、そもそも環境破壊にもなる。それらを生産、建設するために二酸化炭素も増大するのは科学的に考えて確からしかった。最も環境に良いのは、既存の原発を使うことである。既に建てたものだから、無駄な生産をしなくて済む。どういう場合に事故が起こるのか明らかになったのだから、以前よりは安全に運転できる。失敗したからもうやめるのではなく、失敗から学ぶことが技術であり、人間の知恵というものだろう。

しかし、そういうことを書いたりすると、「森博嗣は原発賛成派だ」と非難される。「消費税賛成派だ」という非難もそうだが、この「賛成派」という言葉は、「好きだ」ということではない。他に良い手立てがないから、「しかたがない」との意見である。それがなくても済むのなら問題ないし、もっと良い手があるのなら、それを提案してもらいたい。

大多数の人たちが、太陽光発電が希望の未来だといい、原発は諸悪の根源だ、とおっしゃっていた。さて、十年以上経過したが、今はどうだろうか？　太陽光発電は問題を解決しただろうか？　今でも希望の未来だろうか？　そして、原発はもうなくなった？

間違えないでもらいたい。僕は原発反対派の人を敵だなどと思っていない。自分と意見が違う人たちを否定しない。また、自分の意見を広めるために、運動をすることはしない。そういった運動にファンを巻き込んだり、立場を利用することはしない。

39 知識の基礎は若いときに得た。歳を取って、経験によってノウハウを築く。

なにか新しいことを始めようとすると、必ず新しい知識が必要となる。多くはネットで検索することで得られるが、具体的な方法を知ったとしても、その原理のようなもの、つまり、そのノウハウが成立する理屈が想像できる場合と、できない場合では、そのノウハウが自分のものになるかどうか、その後の展開が可能かどうか、が大きく違ってくる。

学校で教えてもらった基礎知識は、実に強固な基礎となっている。たとえば、言葉の文法であったり、論理の仕組み、数学的な考え方、物理法則、化学の元素や反応、地学や生物の基礎分類、などである。社会の知識は、大人になってから学んでも良いと思う。なにしろ、僕が子供の頃とはだいぶ変化している。富士山は死火山だから安全だと小学校の社会の時間に習ったが、現在では噴火の可能性を考えないわけにはいかなくなっている。

物理や化学の分野でも、五十年でだいぶ新しい発見があったが、地球上で生活する分には不自由ない知識を、小学校や中学校で学ぶことができた。工作をするときに、どれだけ役に立っただろう。もちろん、一番役に立っているのは数学だ。これはまちがいない。

作家になったことで、国語の知識も花開いた、と大袈裟に書いてみたが、役立っているのは、主に文法である。これは英語でも同じ。漢字の読み書きは必要なかったし、英語のスペルも覚えなくてもなんとかなった。文学作品をほとんど読まなかった僕が、小説家になれたのだから、ボキャブラリィもさほど必要ないといえるのではないか。

歳を取るほど、自分の行為の結果や周囲で観察された事象の情報が蓄積するから、こういった知識もバージョンアップされる。そこで、自分なりのノウハウも確固たるものになるだろう。しかしこの場合でも、やはり子供のときに得た基礎知識が土台となっている場合が多い。何を根拠に自分はそれを信じたか、その道理はおそらく類似した過去の学習からスタートしている。子供のときに学んだことは、一生の財産になっているはずだ。

大人になってから学ぶことは、自分がやりたいこと、目指している方向のこと、など自分で選んだものに限られる。大人になってから、広い範囲の基礎知識を学ぼうとする人は少ない。たとえば、自分が苦手な分野からは極力遠ざかろうとする。子供のときには、いやいやながらも、我慢をしてやっていたことだ。しかし、結局はこのようにしてインプットされた知識から、その人の教養が築かれる。よりしっかりとした基礎があるほど、その上に建つ構造は大きく高くなれる。その意味で、方向性を持たない時期に学習することは本人にとって「恵まれた」ものであることはまちがいない。

40 森博嗣は消費税に賛成の立場をもう三十年ほどまえから表明している。

一言でいうと、所得税は「所得」がわかりにくく、これを隠す人が多いので、税金を逃れやすい。だが、金持ちほど金を使うのだから、消費税による課税ならば、たとえばヤクザからだって税金を徴収できる。多くの社会人は給料をもらっていて、税金を天引きされているのに対して、商売をしている人はいくら収入があるか外部からわかりにくく、儲けているのに納税していない人が多いから、そういった部分を改善する効果がある。

日本の消費税は僅かに十パーセントで、けっして高くない。しかし、この十パーセントでも、反対する人が沢山いる。税金など払いたくない、でも政府にはいろいろ働いてほしい、という我儘《わがまま》な人たちが多い。

最近、インボイスという制度が始まった。僕はすぐにこれを取得して、僕に印税などを支払う出版社にナンバを知らせた。これまでは、印税に消費税が含まれた金額をいただいていて、その分は計算して確定申告で支払っていた。毎年何百万円にもなる額だ。しかし、一千万円以下の所得の人は、これまで、自分がもらった消費税を自分のものにできた。そういう人たちは、これまで客からは消費税を取り、それを全額自分の懐に収めていたのだから、消費税率が上がるほど儲けていたのである。この不合理さを解消するために、インボイス制度が始まった。やり方はスマートではないが、正当性はある。

所得がない人は所得税を払わなくて良い。引退した老人たちは、所得がない。でも、けっこうな金額を溜め込んでいて、老後に悠々自適な生活を満喫している場合も少なくない。このような人たちでも、消費税は払わないといけない。海外旅行をしても、高級車を買っても消費税がかかる。ただ、家を買ったときは、売った人が商売で売った場合にだけ消費税がかかるが、個人が自分の家を売ったときは消費税がかからない。つまり、金を受け取った方が、自分がもらった消費税を税務署に渡すかどうかによって違うということだ。消費税は国に収める税金なのだから、自分の財布に入るのは不合理である。

もっとスマートな方法は、電子マネーになった社会で実現するだろう。遠い未来のことではない。電子化すれば、金が動いたときに自動的に国に税金として徴取されるようにプログラムできるはず。それができないとしても、少なくとも金の流れがデジタルで記録され、ＡＩによって監視ができる。デジタルになれば、資産を隠すことも難しい。金の移動で課税されるというのは、贈与税や相続税でも同じことで、お小遣いやお年玉にも税金がかかるようになる。税金を払っていない人ほど、こういう話でカッとなることだろう。

41 「レトリック」ほどわかりにくい言葉はない、というレトリックはどうですか？

作家として二十七年間、研究者としては二十一年間、作品や論文など、主として出力は「文章」だった。大きな違いは、論文は半分くらいが英語で執筆したが、作家になってからは日本語オンリィだということくらい。このいずれにおいても、「レトリック」という言葉をときどき耳にする。研究が理系だったためかもしれないが、レトリックとは「論理」に近い意味で理解していた。道理を説明するときの技術的な部分であり、自分が考え、実験や計算で確認して、そこから可能性を推理した結果を言葉で説明する場面で、どのように正確に、わかりやすく、誤解されないように伝えるか、また反論する場合や質問する場合には、どのように相手の理屈を攻めるのか、といった方法論のことだ。

しかし、作家になってから、自作に対する読者や評論家の書評などで目にする「レトリック」の意味が全然理解できない。そこで辞書を引いてみると、「修辞法」とある。今手近にある広辞苑の電子辞書には、「修辞」「美辞」「巧言」ともあった。「論理」については見当たらない。言葉の飾り方、巧みな表現、言い回しのことをレトリックといっているのだ。そんな経験をしたので、その後、「レトリック」がタイトルに含まれる本を十冊ほど読んだ。非常に面白いものが多かったが、概《おおむ》ね「比喩」について書かれていた。もちろん、ギリシャ時代からのレトリックの系譜について書かれた本もあって、これが僕が研究者時代に理解していた「レトリック」だと再認識できたが、内容については全然面白くなかった。大学の講義を聞いているような感じで、ほとんどのページが分類に費やされている本だった。この面白くない方の「レトリック」が、正統なものなのだろう。

理系の文章には、本質となる道理、理解、事象があって、それをどう説明しようが、本質には無関係なので、表現的な部分は、単なる「飾り」にすぎず、つまり「言葉だけのこと」でしかない。伝われば充分なのだ。だいいち、シンプルな方が伝わりやすい。相手を言葉で感動させる必要はない。心を動かす必要もない。真実は人の理解と無関係に存在しているのだ。だが、文学作品はそうではないらしい。本質よりも表現に真髄があるようでもある。これは、詩あるいは音楽などでも顕著で、いわゆる芸術性というものだろう。

フィギュアスケートをスポーツと見るか、それともアートと見るか、みたいなものか、なんて書くと、森博嗣のレトリックだ、とまたいわれてしまうだろうか。

ミステリィのうち、探偵が展開する推理にはレトリックが重要だ。登場人物たち、そして読者たちを説得する、あるいは「言いくるめる」ためのテクニックなのだから。

42 ミステリィの読者ほど常識外れの推理を展開する人はいないだろう。

ミステリィを沢山読んでいる人がいる。ミステリィ好き、ミステリィファン、ミステリィマニアと呼ばれる人たちは、本といえばミステリィであり、滅多にほかのジャンルの小説を読まない。映画もTVのドラマもミステリィ仕立てのものを好む。僕が観察したところでは、日本に数万人ほどいるようだ。比較的若いのも特徴で、歳を取ると離脱する人が多い（これは、小説全般にもいえるが）。

そんななかでも、特に本格ミステリィのファンは、読みながら推理を楽しむ。この傾向の読者人口は、およそ一万人程度だろう。たいていは、ミステリィ研究会などに所属している。贔屓《ひいき》の作家がいて、書棚に読んだ本を並べて写真を撮ったりもする。

さて、そういう人たちの推理には、世間一般の常識を超越した特徴がある。たとえば、「怪しい人は絶対に犯人ではない」とか「確固たるアリバイがある人ほど犯人である」とか「犯行時刻がはっきりしている場合は偽装である」などである。

トリックのパターンとして多いのは、犯行があったと思われる時刻に、容疑者がそこにいることが不可能だった、というものだが、これには二とおりの偽装がある。一つは、犯行時刻の偽装、もう一つはアリバイの偽装である。必ずどちらかで解決されるので、アリバイが成立するなんてことはありえない世界なのだ。したがって、そんな話が出てきても、まったく動じることなく、むしろアリバイがある方が疑わしい。

一般には、わかりやすい動機があれば容疑者となるが、人を殺すような人間は、動機も絶対に隠しているはずであり、しかも何年も根に持ったまま恨み続け、平素は逆に親しげで信頼されるような善人として振る舞う。この精神力たるや並大抵のものではないから、用意周到に計画された殺人を実行するに相応しい人格といえる。

事件は、簡単なものであってはいけない。複雑な因果関係が隠れているので、目に見えるもの、明確なもの、誰にも理解できるものを信じてはいけない。鑑識の科学的な分析によって事件が解決するような場合は、冤罪《えんざい》になる。同様に、早い段階で自首してくるような人物も犯人ではない。犯人は思慮深く、冷静であり、頭脳明晰なので、滅多なことで失敗をしない。突然慌てて逃走したりするのも犯人ではない。高慢で人を見下し、警察に協力しない人間も犯人ではない。インテリで穏やかな性格の優しそうな人間こそ疑わしい。

そんな読者を欺《あざむ》くためには、世間一般に見られる、現行犯で逮捕されるような事件を、そのまま小説化すると良い。意外な犯人、大どんでん返し、驚愕の結末となるだろう。

43 奥様はガーデナ。

もともと、趣味は絵を描くことくらいだったが、今では日が照っている時間は、ほとんど庭で作業をする人になった。僕の書斎は二面が窓で、庭園の半分くらいが見渡せるのだが、モニタを見て仕事をしていても、外で動くものがあると、自然に視線がそちらへ向く。野鳥だったり、リスだったりするが、その次に多いのは奥様（あえて敬称）である。特に、春先になると活動が活発になり、疲れ知らずといっても良い。

僕も庭仕事をするけれど、主に掃除。春は枯枝を集めて燃やすくらい。それから、芝生だけは僕の担当なので、春はサッチ取りや肥料撒きなど。もちろん、水やりにも毎日一時間は費やす。しかし、庭仕事を早々に切り上げて、庭園鉄道のメンテナンスや運転をしなくてはいけない。その点、奥様はずっとなにかを植えているか、土を耕している。

球根は秋に植えているようだが、尋常な数ではない。その総数たるや千個にも及ぶ。チューリップが三百、クロッカスが二百など、とんでもない量。また、春になると、苗をまた五百株くらい植えているらしい。どこで買っているのかというと、すべて通販。その段ボール箱が積み上がっている。御用済みになった箱は、僕がドラム缶で燃やしている。ただ、それだけの数を植えても、実際に芽を出して花が咲くのは半分くらいだそうだ。この土地の寒さか、あるいは樹が生い茂って日当たりが悪いことが悪条件となっている。花を咲かせても、非常に小さい。たとえばチューリップであれば、十センチくらいの高さで、苺よりも小さい花を付ける。クロッカスも五センチくらいのミニチュアサイズだ。

凄いと思うのは、場所を変え品を変え、とにかく十年近くも続いていること。植物を育てる行為は、なにか母性のような本能によるのだろうか、と考えさせられる。僕は、花には興味がなく、名前も覚えられない。芝生と苔の手入れだけを担当しているが、とにかく、どうすればもっと合理化できるか、手間をかけずに効果が出せるか、ということばかり考えている。どちらかというと、庭園鉄道に関係する土木工事の方が面白い。森林の中で一人、木材を切って、穴を掘って、少しずつ構造物を構築するのが楽しい。奥様の趣味が農業なら、僕はやはり工業だな、と思ったりもする。

これを書いている今は四月。まだ朝は氷点下だけれど、日中は気温が上がってぽかぽかと気持ちが良い。少しずつ庭園や森林が緑色になっていく。最初は点画で、その点が広がって、明暗くっきりとしたパノラマになる。しかも、すべてのものが動いているから、動画だ。苔の絨毯《じゅうたん》で躍動する木漏れ日が見られるのは、二カ月後くらいか。

44

相変わらず、古い車の運転と整備を楽しんでいる。

クラシックカーなどと書いているクルマは、四年まえに中古車で購入し、その後六千キロほど走った。いろいろ不具合が生じたものの、立ち往生するほど大きなトラブルはなく、半年ごとに工場へ持っていき、新しい部品と交換してもらったり、軽い修理をしてもらっている。その工場は、この車種専門の店なので、古い部品が揃っているし、なによりも整備工のスキルが高く、その人の意見を聞くだけで勉強になる。修理をするたびに、目に見えて調子が良くなり、ここ半年ほどは、まったく不具合がない。まるで普通の車のように運転できるようになった。次はどこが壊れるだろう、と楽しみになるほどだ。

ドライブは、一週間に一度か二度で、だいたい五十キロくらい走ってくる。犬を助手席に乗せていく。途中で故障した場合に備え、持っていくものが多い。犬のための飲み水とか、糞を始末するバッグなど。今のところ、これらを使ったことは一度もない。つまり、犬が車から降りたことがない。途中で停まって、エンジンを切ることも滅多にない（再始動しないことを恐れているわけでもないが）。

車高を二センチほど下げたところ、乗り心地がまた良くなって、カーブを曲がるときの感覚が楽しい。笑いたくなるほど気持ちが良い。エンジン音も素晴らしく、マフラを換えようと思っていたが、今のままで満足している。タイヤは最初に替えた。冬用タイヤではないので、雪があったり凍結しているところへは行けない。もちろん、雨の日は乗らないし、濡れている路面も避けている。これは、ボディの錆《さび》を最小限にするためだ。

洗車は何度かしたけれど、まず、ウィンドウやハッチ、ボンネットなど、水が内部に入りそうな箇所にマスキングテープを貼る。手間のかかるクルマである。

もう一台、僕が使っているクルマは、SUVみたいに背が高くない4WDだけれど、クラシックカーは、この車の四分の一の馬力しかない。パワーがないのに、何故か運転が面白い。スポーツカーといっても良いほど楽しい。これで、ポルシェ並みにブレーキが効いたら申し分ないほどだ。近頃では、こんなクルマはない。みんな膨らんで重くなった。横倒しになる事故の多いこと。運転以外の機能が多すぎて、前を見ている暇がないのでは。

新車は買ったら、トラブルなく普通に動く。ボンネットを開けることもない。なにか不具合があったら、腹が立つかもしれない。その点、古いクルマは、普通に走るだけで幸せが感じられる。不具合を早期に発見できたら嬉しくなる。そうそう、機械っていうのはこういうものだよな、と懐かしい。ノスタルジィも悪くはない。

45 見ただけではわからない。動かしてみて初めてわかるものが好きみたいだ。

見ただけでわかるものとは、たとえばファッション、景色、花、空、人の顔、などである。僕は模型が好きだが、いわゆる緻密なディスプレィモデルには興味がない。やはり見てわかるものだからだ。じっくりと観察すれば価値がわかる。すぐにわかってしまう。

模型では動くものを作る。動かしてみると、上手くいかないことがわかる。どうしてなのか、とまた分解して調べる。最初から上手く動くものは、動く姿を眺めて、それで満足できるけれど、少しあっけなさすぎる。だが、古い模型を手に入れた場合、あっさり動くことはまずありえない。なにか不具合が見つかる。それらの原因を突き止め、修理をするのだが、次から次へと新たな不具合が発生する。

これがまさにアドベンチャで、非常にエキサイティングだ。不具合を見つけたとき、いろいろ考えられる可能性を一つずつ潰していく。そしてついに、「ここだ」という部分を発見。これだけでも面白い。そして、それをどうリカバするのかを考える。頭の捻《ひね》りどころである。こういったチャレンジが、僕の日々の生活において重要な価値を占めている。

動かないという症状の原因を突き止める場合、動こうとしているか、動こうともしていないか、をまず見極める。動力に問題がなければ動こうとはするが、その伝動機構に問題がある。伝動機構を外しても動かない場合は動力に問題がある。また、動力の問題にもエンジンなのか、燃料供給なのかといった異なる原因がある。伝動の問題も、いつどんな条件で抵抗が大きくなるのかを突き止める必要がある。こういった原因探しが面白い。それに加えて、原因が簡単に排除できない場合もあって、解決するために工夫が必要になる。このようなときに頭を使うわけだが、このあたりが醍醐味《だいごみ》である。

まったく同じことが、人間関係のトラブルや個人の問題解決にも応用できる。上手くいかないときに、まず解決しようとしているのか、解決しようともしていないのか、が問われるだろう。あなたが、なにかの問題を抱えていて、やりたいことができないときも、やろうとしているのか、やろうとしていないのかが、まず最初の選別対象となる。

模型の場合は、動力本体に問題がある場合は、それを取り替えるしかない。たとえば、新しいモータに交換するとか、エンジン自体を新調するとかである。これが、社会の問題では、人を入れ替える対処に相当するだろう。ただ、個人の場合、実は本人がやりたくなかったという原因が判明しても、その心を入れ替えることはできない。つまり、解決はしない。やりたいと思い込んでいただけで、そもそも問題ではなかったのだ。

46

自分以外の人の感想を知ることに興味がない僕が、感想を読むのは何故か？

ネットで読書が趣味の人たちは、本を読んだ感想をアップしている。また、自分が本を読んだあと、同じ本を読んだ人の感想を確かめにいく、という行為が普通に行われていることが窺える。僕は、そういったことをしない。しようと思ったこともないので、世間で観察されるこの現象が、不思議でしかたがない。

人がどう思おうが僕には関係がない、ということを、ことあるごとに書いているのだから、今さらかもしれない。たとえば、TVなどでも、街を歩いている人たちに感想を尋ねるようなシーンが放映されているが、あれは何のためにやっているのか理解できない。無駄な時間だな、と感じるだけだ。そんなことよりももっと大事なニュースを報道してほしい、と思う。何が起こったかを知りたい。それについてみんながどう思ったかは知る必要がない。知っても、それでなにか理解が深まるわけでもなく、自分の利益にならない。

ただ、予想もしなかったことだが、三十代後半で突然、小説家になった。これは、自分が書いたものを大勢に読んでもらう職業である。以後、それまでになかった体験をすることになった。つまり、自分が書いたものを読者はどう感じたか、ということを気にしなくてはいけない立場になった。何故なら、受け手の反応を観察し、今後どんなふうにこのビジネスを展開していくのかを考えなければならないからだ。

デビューしたばかりの頃は、ちょうどインターネットが普及し始めたところで、比較的苦労なく大勢の読者の声を聞くことができた。それらは、その次のシリーズなどの方針を決めるために非常に参考になった。

また、小説作品以外に、僕がネットにアップしていた日記に対する反応が多かったことから、小説以外の読みものにも需要があるのではないか、と予想できた。最初に出版社にネット上の日記を本にしてはどうか、と話したところ、「小説以外は売れませんよ」と断られた。これは角川書店の編集者だった。しかし、のちに幻冬舎から日記を書籍化してもらい、かなり良い反応を得た。これが、小説と併行してエッセィを出版する足掛かりとなったし、最近ではブログ本は、ごく一般的なジャンルとなっている。

僕は、小説に対する感想をあまり読まない。小説の感想は、その後の執筆にさほど影響しないからだ。しかし、エッセィに対する感想はじっくりと読むことにしている。何を書くか、どんなテーマが求められているのか、を知ることができる。本書なども、読者の反応に対する一つの回答のような形になっている、といえなくもない。

47 「説明責任」が流行っているみたいだけど、何故そんな責任があるのか？

最近になって耳にするようになった。たいてい、政治家や芸能人などが、なんらかの疑惑を嗅ぎつけられたとき、押し寄せる取材陣に対して、ダンマリでは済まないよ、という場合に発せられるタームである。傍から見ていると、勝手に疑いをかけておいて、それについて説明しなければならない責任があると主張するのは、なんという上から目線だろうか、と感じる。まず、疑いをかけた側が説明をするべきではないだろうか？

さて、説明責任は、英語ではアカウンタビリティという。アカウントというのは、なにかのグループに入会するときの資格のようなもの。ネットでは、「アカ」と略して呼ばれている。そして、入会を許可されたときに、なんらかの約束をし、これはしてはいけない、これを守らなければならない、という一種の契約をするわけである。

たとえば、政治家は、国民の投票によって選ばれ、議員としてのアカウントを得る。こうした立場にあるので、国民が不審に感じた場合には、きちんと「報告」をする義務がある。この義務がアカウンタビリティだ。もう少し広く捉えると、その人を任命した上の人に、業務の内容を報告する義務である。英語の場合は、特に会計報告の意味に用いられることが多い。イギリスのサッチャ首相のときに、この言葉が注目を集めた。

そういうわけだから、政治家の「説明責任」は国民に対して生じるものであり、マスコミや取材陣は、国民へ伝える責任を先取りして、「説明責任」といっているのだろう。

芸能人は、国民の人気によって選出されたわけではないし、芸術家や文化人も同様。だから、誰かに対しての説明責任は生じないので、都合が悪ければ黙っていれば良い。そもそも、自分に不利となることは話さなくても良い権利があって、これを黙秘権と呼ぶ。ただ、黙っていると、都合が悪いのだな、やっぱり悪いことをしたんだ、と思われるだろう。どう思われても良ければ、それで良い。黙っていても不利になることは普通はない。裁判では心象の良し悪しが僅かに影響するものの、判決は証拠に基づくので、さほど不利ともいえない。下手に説明し、矛盾が明るみに出て、嘘をついたと思われる方が不利だ。

隠れていた悪事などをスクープした場合、そのスクープした人が「説明してくれ」というのは順当なところだが、そうではなく、ただそのスクープ記事を読んだだけで押し寄せている取材陣が、「説明しろ」と声を荒らげるのは、多少興醒めである。その記事が本当かどうかをまず調査し、周辺を取材したうえで質問する方が、視聴者の理解を得られるだろう。週刊誌に情報が集まるのも変な話で、金で情報を売ったのか、と疑わしい。

48

若いときは、パズルもゲームも好きだったけれど、今はほとんどしない。

ミステリィのファンの一部は、パズルが好きな人たちで、本格ミステリィのうちの一部は「パズラ」とも呼ばれる。本シリーズの前巻『積み木シンドローム』の解説に二題の上等なパズル（数学の問題）が付属したが、少なくとも編集部や作者のところへ解答を送りつけてきた人はいなかった。特に二題めは相当な難題だから、解答を書くだけでけっこうな分量の文章になる。ネットでそういうものをアップした人も見かけなかった。

たとえば、世間で「クイズ」と呼ばれているものは、知識や記憶を問う質問といえる。ＴＶではほとんどこれだ。つまり、「知っていますか？」という問いであり、「わかりますか？」ではないし、「解けますか？」でもない。学科でいうと、数学や物理の問題は、「知っていますか？」ではない。この種の知識や記憶を問う質問に対しては、「わかりません」ではなく、「知りません」と答えるのが適切だろう。

「パズル」と呼ばれるものは、「解けますか？」という質問であり、知識が問われているわけではない。解く行為は、考えること。頭脳労働を強《し》いるが、良質な問題になると、なんらかの「気づき」によって、その労働が短縮される設定になっている。

「なぞなぞ」と呼ばれているクイズも、その問題を知っているか、それとも知らないかを問うものではない。気づけるかどうかが試される。ただ、やはり良質な問題になると、世間に広く知られてしまうので、ほとんどが記憶を問う問題になってしまい、本来の機能を発揮できなくなる。知るまえに体験できれば幸せだ。

一般に文系の人は、そういったクイズを数多く「知る」ことが勉強だと考え、知識量によって「クイズ王」に近づけると認識しているようだが、理系の人は、誰も知らないクイズにしか興味がないし、知っても、それが解かれる筋道に興味を持ち、別の問題に活かせるかどうかが、それを解いた価値だと感じる傾向にあるだろう。

僕は子供の頃、なぞなぞが好きだったし、パズルにも興味があった。数学の問題も大好きで、雑誌などに掲載された問題で解答を送ったこともある。また、パズルっぽいゲームも好きだった。たとえば、オセロとかチェスなどである。頭の中で場合や確率を計算するような行為が面白かった。けれども、これらはいずれも大人になってやめてしまった。

何故かというと、研究やコンピュータのプログラミングが、そうした頭脳活動の場となり、思考するときの興奮のようなものが味わえたからだ。その後、たまにクイズの本を見ることがあるけれど、僕が若い頃に出会ったものの焼き直しが今も続いているようだ。

49 人間は誰も、「仕掛け品」から始める。ゼロからのスタートという場合はない。

僕は仕掛け品が大好きだ、と何度か書いている。誰かが作りかけたものを、仕掛け品と呼び、捨てるには惜しいからオークションなどに出品され、その出来によって、けっこうな値段がつく。僕が買った仕掛け品は、ほとんど模型であるが、何十万円もするものも珍しくない。誰が作ったのかはわからない。ただ、作りかけのジャンク（がらくた）である。作った本人が売りに出すのではなく、作者は亡くなり、遺族が売るのである。

作り手の意図を探るのが面白いし、その人の技術も表れているので、人の能力の素晴らしさに出会うことがたまにある。まったくどうにもならない、というものはこれまでになかった。そういうものは、たぶん捨てられてしまうからだろう。生前に一生懸命に作っていたのを見ているから、遺族にも価値があるものだとわかる。ただ、自分にはどうすることもできないから、せめて価値のわかる人に譲りたい、と考えるのだろう。

ところで、個人が成す行為というのは、仕事であれ趣味であれ、ほぼまちがいなく、誰かの仕掛け品を受け継いだものである。自分がゼロから始めた、と思っていても、先人が必ずいて、なんらかの情報を得ていたり、本を読んで知っていたりする。引き継ぎがあるような場合はもちろんだが、そうでなくても、少し考えてみれば、誰かの意志を継いだり、誰かの知見の上に立ったスタートなのである。つまり、それくらい人間は、過去の遺産を受け継ぎ、短い人生で人類の歴史にほんの少し関わる、という生命だといえる。

まず、言葉というものが既に自分が考えたものではない。生まれるまえからあって、まずはこれを覚える。そして言葉によって過去の知識を吸収する。また、人が死んでも、残されている品物がある。家も道路も受け継いでいる。社会や都市だって、人よりも歴史を持っている。膨大な蓄積の中で人は生を受ける。この点が、多くの動物と異なる点だ。

スポーツ選手が輝かしい勝利を収めたとき、応援してくれた人や指導してくれた人に感謝の言葉を述べるのが恒例になっているけれど、これはあまりに当たり前すぎる。人間は誰も、周囲の人から応援され、また指導を受けている。だから、自分の努力だけでなしとげたわけではないことは、誰も疑っていない大前提といえる。

僕が子供の頃には、ご飯を食べるときは、お米を作ってくれたお百姓さんに感謝しなさい、と教えられたものだが、人間以外にも、この自然や宇宙のおかげで生きていられることも事実である。本にも著者が謝辞を書く。たいてい、妻に感謝をするのだが、そんなの当たり前だろう、と怒っているわけではない。感謝してもバチは当たらないだろう。

50 スバル氏はいつも鼻歌を口ずさんでいて、その曲が気になってしかたがない。

奥様（あえて敬称）は、機嫌が良いときは、独り言のように歌を口ずさんでいる。おそらく、無意識だと思われる。たいていは鼻歌だからメロディだけだが、ときどき歌詞が聞こえてくることもある。彼女の近くにいるのは、夕食時とその前後くらいだから、それ以外の大半の時間も歌っているのかどうかはわからない。少なくとも、僕は鼻歌を口ずさむようなことはないから、彼女の行動が不可解ではあるし、また、何の曲なのかが気になる。

歌詞がある場合は、何の曲だったかを検索できる。先日は、キッチンで料理をしているときに「ころっけけっこう」と歌っていた。このキーワードで検索したところ、「ぼくんちのチャボ」だと判明。「みんなのうた」でアニメーションを見たことも思い出した。彼女は、わりと教育テレビ（今は名称が違う？）を見る人なのだ。

鼻歌のメロディで頻繁に耳にするフレーズがあり、あるとき「それは何の曲？」ときいたことがあるが、彼女の返答は「さぁ」だった。わからないらしい。普通の曲ではなく、コマーシャルか、それとも番組の中で流れる短いメロディのように思われる。

こうして書くと、陽気な人だという印象を持たれるにちがいない。全然陽気な人ではない。単に気分が良いというだけで、僕が曲名を尋ねると、睨みつけられ、「なんでそんなことをきくの？」と威圧されるほどだ。他の人には、人当たりが良いかもしれないが、僕に対してはまさに塩対応である。こうなると、同じような質問はもうできない。

しかし、わからないと余計に耳に残る。だから、犬の散歩に出掛けている間ずっと、そのメロディが聞こえてきたりする。断っておくが、僕が口ずさんでいるわけではない。そんな叙述トリックは幼稚である。犬が口ずさんでいたら、どんでん返しだが。

唯一のメリットとしては、彼女がハミングしていたら、少なくとも機嫌が悪くない、というバロメータになる点である。表情ではなかなかわからない。それに無意識に歌っているのだとすれば、なおさら、本人の心の中から出た正直な反応と見なせるだろう。

もちろん、一人で歌っているというわけではなく、多くの場合、彼女の近くに犬たちが集まっている。何故なら、なにかくれる人として、犬たちに認識されているからだ。自分が食べるおやつを惜しげもなく犬に与えるので、僕や長女はときどき注意をしている。彼女はたぶん無意識に犬の口へ食べものを差し出しているのだろう。自然に、そして誰にでも優しくしてしまう。そういう人なのだ。

こちらまで、なんだか機嫌が良くなってしまう。犬だけではなく、人間もか。

51 金にものをいわせるのは、ほかのもので話をつけるよりずっと公平である。

これは何度か書いている資本主義、民主主義の基本的な指向である。権力によって人々が支配される社会よりはましだ、ということ。共産主義や社会主義の国々が、現在どんなふうになったかを見れば、こちらの方が「まし」だということがわかるだろう。

たとえば、PTAなどの役員を決めるときに、誰もやりたくないから、ジャンケンやくじ引きになることがある。かつて、強権を持った人物（校長先生とか）がいるところでは、「お前がやれ」と指示するから、みんなは日頃からその人になにか貢《みつ》いで機嫌を取っていたが、今はそうはいかない。だから、みんなで公平に決めなければならない。

一見、公平に見えるくじ引きだが、結果的に一人が不幸になり、ほかの全員がホッとするわけだから、考えてみたら非常に不公平な結果となる。これを改善するためには、くじでホッとした人たちが、なんらかのバックアップをする必要があるだろう。「協力をする」というのは言葉だけなら簡単だが、気休めにしかならない。だから、みんなで金を出し合い、役員に当選した人に支払うというのが順当なところだろう。これが、資本主義社会における「福祉」である。

それだったら、最初から、みんなの「やりたくない気持ち」を金額にして出し合って、その合計金額なら引き受けても良いよ、と納得した人を役員にするのが公平である。あるいは、やりたくない気持ちを金額で表し、その金額が一番安かった人が選ばれ、ほかの人が示した額をすべて受け取るのも良い。これなら、誰にも不満のない結果となる。

この理屈は、料理を二人で公平に分けるとき、一人が好きなように分割し、もう一人がいずれかを選ぶという方法の応用である。人数が多くなったら、気持ちや不都合の度合いで分けるしかないが、それを公平に計るものは、結局はお金しかない。

誰もがやりたくない仕事は、賃金が上がる。その金額がもらえるなら私がやりましょう、と手を挙げる人が出るまで、賃金を上げれば良い。資本主義の自動均衡の機能である。つまり、金額の公平ではなく、不満の公平な分布を目指すシステムといえる。

歩けばタダだが疲れる。タクシーに乗れば楽だが金がかかる。それが自由に選べることが大事な要素で、金にものをいわせて楽をしようとしている、と怒るのは筋違いというもの。人それぞれ、何が疲れるか、何がどれほど楽なのか、といった感覚が異なっているから、金額に還元して交換する。この優れたシステムを人間は考えついた。品物や労力を金で評価することで、自分が好きなことだけをすれば良い、という分業が可能になった。

52

この一年間は、のんびりとした生活を楽しんだ。なにも不運なことがなかった。

この一年間を振り返る、という行為を僕はしないが、無理に振り返ってみよう。こうして文章が書けて、それが印税になるのだから、「無理に」は言いすぎかもしれない。

おおむね健康だった。世間はコロナ禍、そしてウクライナの戦争で沈鬱《ちんうつ》だったかもしれないが、僕が観察した範囲では、皆さん自分の好きなことを満喫しているようだった。

相変わらず、ドライブが楽しみで、いつもは犬一匹と一緒だが、秋口にスバル氏も一緒にロングドライブに出かけた。往復で二千キロくらい走った。友人宅に一泊し、戻ってきただけで、ほぼ車中にいた。まあまあ楽しかった。このときのクルマは、クラシックカーではなく、買って七年めのドイツ車。今まで故障したことはない。

庭園鉄道は、ほぼ毎日運行し、運転して巡るうちに庭で行う作業を思いつく。ほとんどは掃除に類するもの、その次はなにかの修理。庭で使う道具では、よくエンジンを分解する。キャブレタを掃除すれば、たいていは復活する。あとは、芝生の管理くらい。

毎日二回の犬の散歩で、軽く四キロほど歩くけれど、最近は長女が一回を代わってくれることがある。　彼女が面倒を見ている犬は老犬なので、あまり歩かない。　僕が担当の犬は元気なので、遠くまで行くことができるからだ。おかげで、この時間を有意義に工作などに使っている。

小説は二作書いたかな。エッセイはネットで連載しているのと、毎年出るこの本だけ。新書を書く仕事を切り上げた（切り捨てた？）ので、楽になった。小説も、年一作にした方が良いと考えている。これは、「引退」に相応しい状況といえるだろう。

ネットで映画やTV番組を毎日二時間ほど見ている。ほとんど英語圏の作品で、日本やアジアのものは見ない。サスペンスものが多いが、コメディも好きだ。これまでの人生で最もインプット量が多くなっているだろう。インプットは楽だな、と再認識する次第。

そういえば、『コマとジャイロ』という本の監修をした。百年以上まえの本の翻訳だが、訳された日本語を、一般の方に理解しやすいように手直しをしただけだ。それでも、文系の人が読んで理解できる内容ではないだろう。理解できなくても、こういうものに人間は頭を使っているのだ、ということを知ってもらえれば、それで充分。

今もときどき、執筆依頼が来るけれど、すべてお断りしている。仕事量は減って、平均すると毎日二十分程度にしかならない「片手間」になった。毎日七時間以上寝ているし、特に不調という部分はない。欲しいものは買っているが、貯金は増える一方である。

53 「森博嗣ほど面白い」という「ほど」の使い方は、今は普通に通じているのか？

僕は、この表現の意味がわからない。「森博嗣ほど面白くはない」ならば日本語として問題はない。この文章が肯定文になった場合（つまりタイトルの文）、どういう意味に若者は取るのだろうか？「森博嗣と同じくらい」という意味（「森博嗣くらい」）なのか？それとも、「森博嗣に近いものほど面白い」という意味だろうか？

この「ほど」の使い方については、まえに一度書いたが、その後も耳にする回数が増えていて、普及しつつあることが窺える。天気予報などでも、「午後ほど雨になります」と伝えているが、「午後は雨になります」と少しニュアンスが違う。午前中であっても、午後が近づくほど降りやすくなる、といっているのだろう。であれば、せめて「午後に近づくほど」と話してもらいたい。「太平洋沿岸部ほど風が強い」といった場合は、地理的に海岸に近づくほど、という意味に取れる。

動詞ではなく名詞に「ほど」をつけて、地理的または時間的に近づくほど、という意味を持たせている表現と想像される。そうなると、たとえば、「若いときほど」といえば、年齢が低くなるにつれてという意味だが、では、「家族ほど」といえば、血縁関係が近いほどの意味になるのか。

普通は、動詞や形容詞に「ほど」をつけて、その行為や形容が激しくなるにつれて、という意味だったものが、近頃は名詞にも、位置関係の想像を促して「近くなるにつれて」と解釈させているようだ。これは、以前からあったものかどうか、僕にはわからない。ただ、自分がこれまで聞いたことのない日本語なので、不思議に思ったにすぎない。

たとえば、「犬ほど可愛い」なら、犬に近い動物ほど、という意味になると思われるが、犬と猫の間はグラデーションになって連続して変化していないので、この表現に違和感を抱くだろう。だが、「人間ほど迷うだろう」ならば、動物はそれほど迷わないが、人間になるほど、つまり人間らしくなるほど、迷いが増える。これは、どちらかというと、「迷い方」に連続性を持たせている表現になるのか。

「山間ほど雨が降るでしょう」がおかしく感じないのは、「山間」も「雨が降る」も、いずれもどこかに境界があって、そこできっちり分かれているわけではないからだ。山に近づくほど、雨が降りやすくなる、あるいは雨が多く降る、という意味に取れる。これは「都心ほど」でも同様だ。しかし、「東京ほど」といわれると違和感がある。それは東京の範囲が明確だからだろう。こういうことを考える人ほど、森博嗣らしいのでは？

54
「木目《きめ》が細かい」とは、単に「細かい」とどう違うのだろうか？

「木目の細かい対応をしていきたい」と政治家はこの表現がお好きだ。これは、小さなことまできちんと拾い上げて対応する、と言いたいのだろう。「木目」というのは、音読みして「もくめ」と同じ意味で、板などに見られる木の内部の模様のこと。普通は「年輪」という筋があって、これが細かいというのは、樹がゆっくりと成長した結果である。

税制は、儲けた人からはきっちり税を取り、困っている人には各種の免除をする。政治家が木目の細かい対応をした結果なのか、もの凄く複雑になっていて、もはや一般市民の理解を超えた難解さとなっているため、税理士の需要が確保され、また税務署の職員もリストラされない。これが木目の細かい政策というものだろう。

保険も、木目の細かい対応を謳っているから、非常にわかりにくい。病気になったり事故になったとき、いったいいくらもらえるのか、その金額の算定がどのように行われるのかわからない。「最大百万円保証」とか「月々僅か五百円で定額」など、最も有利な金額を掲げて勧誘する。木目が細かいかどうかはわからないが、宣伝時には、大変細かい文字で但し書きが表示され、「補償の対象とならないケースがあります」「契約は一年、掛け捨てです」などとある。定額なのは一年間だけで、翌年は高くなるというわけか。

木目の細かい対応を約束していても、親切な対応をしてくれるわけではない。たとえば、「税金を払いたいから、ちょっと説明に来て」とか「父が死んだので、保険料を下さい」などと電話をしても、親切に説明してくれるわけではなく、また病院へ行って確認してくれるわけでもない。ただ、申請書が送られてくるだけで、それに記入し、また必要な証明書などを自分で取りにいき、同封して送るしかない。申請書が間違っていると、かなり日時が経過したのち、送り返されてくる。これが木目の細かい対応の実態である。

さて、「木目が細かい」と「細かい」はどう違うのだろうか。小さな部分まで、という意味では同じであるが、「木目が」が加わることで、密度が高く、取りこぼしがない、といったイメージを醸し出す。しかし、あくまでもイメージであって、意味に差はない。

単なる「細かい」は、スルーした方が良いものまで扱う、という悪い意味にも使われる。「いちいち細かいことを」と文句をいわれるのはこの用法。「いちいち木目の細かいことを」となると、皮肉が効いていて、僕なんかは微笑んでしまうだろう。

化粧品の宣伝に使われる「木目細やか」は、皮膚がなめらかなことを表すが、「細やか」も良い意味にしか使われないようだ。「細かい」と「細やか」は違うのか。

55 再び、「推し」について考察してみよう。

ここ十年ほどで日本中に広がった「推し」という表現。以前に書いたのは、「贔屓《ひいき》」というのは、上から引っ張るイメージだが、「推し」は下から押し上げるイメージが伴うこと。つまり、「推す」相手を高く見ていて、「尊い」という言葉にも通じている。

以前にも書いたが、この下から押し上げたいファンは、一部では「信者」と呼ばれ、また、その尊い対象は「神」でもある。アイドルやアニメキャラなどが、事実上、信仰の対象となっているのだ。信仰であれば、金を貢ぐのも当たり前で、このような商売をしている人たちは、霊感商法と構造的に類似している。揶揄《やゆ》しているのでもないし、非難するつもりもない。信じている人が幸せを感じているのだから、悪くはない。ただ、どこかで醒めて、後悔する場合はあるだろう、と予測できる。それでも、しかたがないことだ。ほとんどの趣味は、こんなふうに熱くなって、貢いで、やがて醒める。

「推し」というのは、英語ではフェイバライトである。「好きなもの」くらいの広い意味になってしまう。もっと、その対象を押し上げて、普及させたい、という「布教」の精神がフェイバライトでは表せない。プロモートやプロセリタイズの気持ちである。

つまり、「赤が好き」というフェイバライトとは違う。赤という色に貢ぎたいわけでもないし、赤をもっとみんなに好きになってもらいたいわけでもない。このあたりは「贔屓」や「パトロン」と同様で、応援の精神が「推し」に含まれているように観察される。

ところで、将棋の天才少年が現れ、彼に群がる「推し」をマスコミが面白がって取材していたが、どういうわけか、年配女性だけが取り上げられていた。「年配」だけではないだろうし、それにどちらかというと男性ファンの方が多いものと想像する。マスコミの取り上げ方に色眼鏡がかかっているのだろうか？　年配男性の「推し」を紹介してもらいたい。ノーベル賞候補として話題に上がるベストセラ作家の新作に群がる「推し」としては、男性ファンが多く紹介されていた。こちらの方が偏見がないように感じられる。

「推し」は異性でなければならない、とマスコミは暗黙の了解をしている可能性が見えるのは残念。たとえば、「素敵だ」「可愛い」といった褒め言葉も、異性に対してなら自然で、同性だと不自然だ、という偏見を、まだマスコミは持っているように見受けられるがいかがだろうか？　世の中の平均的なところはどうか知らないが、マスコミは世の中に阿《おもね》るのではなく、むしろ啓蒙的、先進的な正道を進むべきだろう。そうしないと、大勢から「推されず」になってしまうだろう。既にそうなりかけているから注意した方が良い。

56 AIは答えることしかできない。

AIが人間の仕事を奪うと恐れている人たちが多い。そういう人たちの仕事が、AIでもできる単純なものだから、というのが理由であるとすれば、まるで自分の仕事の価値をわざと貶めているような感じに受け取れてしまって、余計に同情したくなる。

人間は、すぐには仕事を覚えられない。経験を重ね、時間をかけ、いろいろな事態でさまざまな処理をする過程を学び、仕事を覚える。たいていの場合、十年も経てばその分野で一人前になって仕事がこなせるだろう。ここで、自信というものができる。あとは、覚えたことを実行していくだけなので、ようやく楽になれる、と感じるのだろう。だが、この状況こそが、実は「仕事が終了」したのと同じだと認識しなければならない。

仕事とは、力と距離を乗じた物理量だ。床にあるバケツを掴んで持ち上げるとき、バケツの重さとバケツが上昇した距離の積が成された仕事である。その後バケツをそのまま持ち続けるのは仕事ではない。その高さの椅子にバケツを乗せるのと同じで、誰も仕事をしていない。つまり、一人前になるまでが本当の仕事で、その後はそのノウハウを誰かに教えて任せることができる。これまではその伝達ができなかったから、人間が長く同じ仕事を続けられ、楽に稼ぐことができた。それが、バケツを乗せた椅子やAIに奪われる。

しかも、AIは自分で学ぶことができるようになった。人間がやっていることを短期間で学習できる。問題があったとき、それがどう処理されるのかを観察して学ぶのだ。人間に勝ち目はない。ようするに、経験して処理をする仕事に、人間は必要なくなる、ということである。これは、既に力仕事を伴う作業が機械に任せられるようになったのと同様であり、嘆かわしいことではない。人間は楽になる、というだけのこと。機械とAIが仕事をしてくれれば、生産され、経済は回る。その恩恵を受けるのは人間だ。

レポートの文章をAIに書かせる学生がいて、先生たちが困っている、という話もあった。僕は、(もう三十年ほどまえになるが) 学生にはレポートもテストも課さなかった。ただ、授業のあと毎回質問を提出させ、その質問の内容で成績をつけていた。これは、人間の能力とは、「答える」ことではなく「問う」ことにあると考えたからだ。さて、AIは質問には適切に答える能力を持っているだろう。しかし、質問をさせてみると良い。適切な質問ができるだろうか? 質問をするには、相手の話を聞き、内容を理解したうえで、関連する (その内容にはなかった) 疑問を発想することである。内容をまとめることほど簡単ではない。AIにもこれが可能になるのは、もう少しさきのことだろう。

57 結局、できることしかできない。だから、できることを増やすことが自由。

なんでも好きなこと、したいことができるのが「自由」だと多くの人が考えているだろう。しかし、この世に生きているかぎり、また人間であるかぎり、なんでもできるなんて状況は存在しない。能力的に無理だったり、周囲との関係で制限されたりする。結局のところ、できることしかできない。できないことが多すぎる。これはつまり、文字どおりの「不自由」である。自由からはほど遠い。

たとえば、瞬間移動したいと思ってもできない。空を飛びたいと思ってもなんともならない。だが、この両者には違いがある。瞬間移動は物理的に不可能だが、空を飛ぶことはそうではない。でも、今現在すぐにできるかといわれれば、両方ともできないだろう。飛行機に乗れば空を飛べるが、時間も金もかかる。そこまでして飛びたいわけではない。

今できることは、考えてみたら非常に少ない。ただ、それがしたいかどうかは、かなり曖昧で、それをする目的や価値をよく考えずに、ただ「できたら良いなぁ」くらいの願望かもしれない。「自由」というのは、その願望を抱くことにあるといっても良い。

したいことに向かって、できるような活動をすることは、誰にでもできるし、大抵の場合、いつでもできる。考えるだけでも、実現への活動といえる。すると、まだできない状態であっても、なんだか幸せな気分になるだろう。つまり、空を飛べなくても、空を飛ぶために何が必要で、どうすれば良いかと具体的に考えるうちに、まるで空を飛んでいるような感覚になる。人間は、結局すべてのものを頭脳で認識している。だから、夢へ向かって考えることが、既に夢の実現と同じくらい楽しく感じる。そして、それこそが「自由」なのである。目的をあっさり実現できるよりも、むしろ長い時間、自由を楽しめる。

ということは、今すぐにするべきことは、第一に、自分が何をしたいのかを考えること。これは誰でもできる。どんな状態でも可能だ。通勤中でも良いし、寝るまえに布団の中でしても良い。酒を飲みながらでも良いけれど、多人数で騒いでいるときは考えられないだろう。ちょっと思いつくだけではなく、もう少し具体的に、いつまでに何を実現するか、計画を考え、同時に、そのために現在不足しているものは何か、といった問題点も認識する。すると、第二に、今するべきことが浮かび上がってくる。それは、その不足しているものを補う行為、あるいは問題点を解決して取り除くことである。

こうして、少しずつ自分ができることを増やしていく行為により、自由が広がってくる。多くの選択肢を持ち、経路を選べるようになると、もっと自由になれるだろう。

58
ミステリィ作家と呼ばれるよりは、SF作家と呼ばれる方がほんの少し嬉しい。

基本的に、他者からどう呼ばれようがほとんど気にならない。面と向かって呼ばれる場合の「森先生」「森さん」「森様」などもどれでも良い。また、紹介されるときの呼称もこれといって希望するものはない。「作家」でも良いし、「小説家」でも良い（たいてい、このいずれかだが）。ただ、「ベストセラ作家」はやや事実に反している気がしている。「あの作品はベストセラだったなぁ」という心当たりがないからだ。

「ミステリィ作家」と書かれていることも多いけれど、「SF作家」と書かれているものは少ない（ないわけではない）。また、「時代劇作家」は今のところない。これは、僕がこれまでに書いた小説のジャンルとその数を考慮したラベリングだと思われる。小説以外の本をけっこう出しているが、「エッセイスト」と呼ばれたことはないし、ウェブ日記を書籍化した本を三十冊ほど出したから、「日記作家」とか「ブログ作家」なども当たっていると思うが、そんな呼び名はないのだろうか。

デビュー作がミステリィだったら、その後なにを書こうがずっとミステリィ作家と呼ばれるのかもしれない。ラベリングとは、えてしてそういうものだ。たとえば、小説の賞でも取ろうものなら、死ぬまで「〇〇賞作家」となる。メフィスト賞はマイナだから、その心配はないかもしれない。話が飛ぶが、「本屋大賞受賞作」が電子書籍でベストセラにランクインしていたが、なんという皮肉だろうか。書店員が売りたい本だったのに……。

ミステリィというジャンルは、非常に広い。ほとんどの小説がなんらかのミステリィ要素を備えているから、小説は全部ミステリィだといっても良い。しかし、そんなことをしたら本来のミステリィが薄まってしまうと恐れてか、ミステリィファンは「これはミステリィではない」を連発するので、彼らが認めるミステリィはほんの一部になる。僕の作品は、たいてい「これはミステリィではない」と拒否されているから、森博嗣をミステリィ作家と呼ぶのはいかがかと思われる。その点、「これはSFではない」と評されたことはない。もともと「SF作品です」と謳わなかったからかもしれないが、それは出版社が「帯にそんなこと書いたら売れなくなる」と恐れたからにすぎない。僕の最近のシリーズは、SFだと自分では思っている。僕はSFをほとんど読まないけれど（ミステリィももう読まないが）、科学技術の発展を物理法則に従って予測できる未来のフィクションは、SFだと認識しているから、「SF作家」と呼ばれることに抵抗は微塵もない。そのつもりで書いているからだ。それに、そちらの方が幾分適切だという意味での表題となった。

59 「たんま」と叫んでいた子供たち。「今のなしな」も頻繁だった。

「たんまたんま」と手を広げていう人がいる。これは、子供のときの遊びでよく出てきた言葉で、スポーツの「タイム」つまり、「中断」あるいは、相撲の「待った」と同じ意味である。おそらく、「タイム」が訛《なま》って「たんま」になったのだろう。全国的に通用するのかどうかは知らない。地方によって、別の言葉になっている場合もある。

少し意味が違うが、「ノーカン」というのもあった。これは、「ノーカウント」のことで、「今のはなしな」というのと同じ。つまり、「たんま、ノーカン」とアピールし、今のは「練習」であって、「本番」ではない、という主張になる。どうして、練習と本番が区別されているのか不思議なところだが、子供たちの遊びでは、審判がいないので、その場にいる全員が審判を兼ねることになり、こうして宣言しないと、試合にならない。

大人になると、「たんま」は口にしなくなる。そうではなく、「待った」で通じる。周囲の人たちの発言や動きを止めたいとき、または自分に注目してもらいたいときに、この言葉を使う。探偵や刑事も、難しい顔をし、顎に手を当てて、「待てよ」などと呟くのだが、これは誰かに「待機しろ」と言っているのではなく、自分の思考の流れを急停止させ、少し過去に遡《さかのぼ》って、連想に集中したいときに出る呟きである。そのまま、時間を流してしまうと、思考の奥へ集中できない。なんとなく感じたことを見逃してしまいそうな気がするから、「待ってくれ」といっているのだ。ようするに止めたいものは「時間」である。

時間を止めることはできない。子供の頃、『スーパージェッター』というアニメがあって、未来から来た主人公が腕時計のようなもので、時間を止めることができた。時間を止めたら自分も含めて世界中が動かなくなりそうなものだが、そうではなく、自分は動けるというところが凄い。これを発動すると、地球の自転も公転も止まるだろうから、慣性によって自分は宇宙へ投げ飛ばされると思えるのだが、その点についての説明はなかった。

年配の人になると、「もとい」とおっしゃる方がわりと多い。これは、言い間違えたりしたときに、「今言ったことは間違いで」という意味になり、その部分を言い直すときに使う。つまり、僅かに時間を戻して「上書き」するのだ。文章でも使わないわけではないが、今は文章はデリートキィで簡単に消せるので、この必要がなくなった。「もとい」は発言の直後でのみ有効で、昨日の発言には使えない。だから、失言は消せない。

サッカーにはロスタイムがある。「たんま」をした場合は、どこかで帳尻を合わせないといけない。約束や契約には、基本的に「たんま」はない。お気をつけ下さい。

60 スコットランドで小さな機関車を百キロ以上走らせたプロジェクトについて。

これは、二〇一八年にスコットランドで行われたTV番組企画のイベントで、「The Biggest Little Railway in the World（世界最大の小さな鉄道）」として放映された。僕はイギリスの庭園鉄道関係の雑誌を定期購読しているので、その雑誌で小さく取り上げられていた話題として知ってはいた。しかし、その記事の大きさは八分の一ページくらいの小さなものだったし、この趣味の人たちにはあまり響かなかったように観察された。日本でも二〇二二年十二月にNHKで放映されたそうなので、これについて書こうと思う。

走った機関車は、ラウンドハウスというメーカのシルバ・レディというライブスチーム（蒸気エンジンで走るもの）で、ゲージは32㎜か45㎜、スケールは1／19くらい。これはイギリスでは「16㎜スケール」と呼ばれているが、日本やアメリカではほとんど普及していない。僕は16㎜スケールが好きで、百台以上、このスケールの機関車を持っている。もちろん、シルバ・レディも十五年ほどまえに購入して走らせた。

百㎞以上の距離を走らせるには、いろいろ苦労が必要であるけれど、番組を見たら、脱線したら手で戻すし、坂が登れなかったら紐で引っ張るし、機関車の具合が悪くなったら電動機関車に交代させるといった、なんでもＯＫのものだった。

人間の手で機関車を持ち上げて良いのならば、高いところへすぐに上げられる。ボートに乗せて運河を渡るときに沈没し、機関車が水に落ちそうになるところでも、人間の手が紐を引いて、助けていた。どうもルールがよくわからない。

ＴＶ局がやっていることなので、トラブルが起こり、それらの危機を乗り越えるという、ありがちな展開で、見ていて「つまらない演出だな」という感想しか抱かなかった。たとえば、スタッフどうしの意見がぶつかってしまうとか、酒を飲んで浮かれていたから、あとで時間が足りなくなって、徹夜作業になったとか、あまりにも稚拙《ちせつ》というか、無計画である。おそらく、最初からそういうシナリオで進められたものと想像する。でなければ、各分野で仕事をしている大人が頭を使って考え、着実に実行しているのだから、普通に成功するはずなのだ。それでは面白くない、一般受けしない、というＴＶ局の方針が諸悪の根源といえる。

模型マニアの間で、さほど話題にならなかったのも理解できた。最初から期待されていなかったのだろう。むしろ、誤解されたと腹を立てた人が多かったのではないだろうか。ラウンドハウスは世界有数のライブスチームメーカである。御愁傷様でした。

61

悪いことができなくなったのは内部告発のおかげだが、それには理由がある。

どこにでもカメラがあるし、誰もがリークできる。デジタルだから、証拠が残りやすい。そういった技術環境面での理由が大きいけれど、それ以外にもう一つ大きな理由がある。それは、みんなに利益が充分に回らない、つまり事業やイベントが思ったほど儲けられなくなった、という点だ。仲間全員に利益を配ることができれば、リークは起こらない。そうした仕組みが、これまで悪事を隠してきた。誰もが少しずつ得をしたからだ。得をした以上、共犯となるから、内部告発ができなかった。

今はもう、それほど大儲けができない世の中になってしまった、ということ。いろいろ規制があり、情報公開も必要になり、賄賂も談合もできないし、そもそも裏金も作りにくい。金を動かすと、たちまちばれてしまう。健全な社会に近づいている。

オリンピックで、何人か逮捕者が出た。どうしてなのか？　それは、コロナ禍の影響を受け、想定された大儲けができなくなってしまったからだろう。すると、金を出したのに見返りが不充分だ、とどこかで不満が出る。だから、リークする者が現れる。

どんなグループも、イケイケで成長しているときには、自ずとメンバの結束が固い。誰もが、将来の自分たちに訪れる利益を予感できるからだ。たとえ目の前に利益がない場合であっても、仲間を裏切ることはない。少々ルール違反の行為があっても、このくらいは誰でもやっていることだ、と解釈する。そのうち、少しずつ利益が分散され、ますますリークしにくくなる。これまではこんな具合だった。

一方、なんらかのトラブルで、成長に翳《かげ》りが訪れると、全員に利益が分配されない可能性が頭を過ぎる。実際、自分はまだ利益を得ていない。それどころか、投資をした分のリターンさえまだない。そうなると、だんだん誰かが独り占めしているのでは、と疑い始める。そこで、万が一のときのために、周辺の証拠を集め、いざとなったら、それを公にして自分は離脱しよう、と考えるだろう。投資をしたのは、個人ではなく、自分が所属していた部署だから、そこも辞めなければならないが、自分に直接的な損害はない。このようなメカニズムで、大きな悪事が暴かれる。証拠を集める際、今はデジタルだから、遡って探すことが可能だ。仲間である間は、容易にアクセスできるだろう。

景気が悪くなると、このような歪《ひず》み、皺寄《しわよ》せが、どこかに集まって、噴出するといった具合である。日本は、このところずっと不景気だし、土地も値上がりしないし、大儲けができるような環境ではない。こういう時代になると、悪事が暴かれやすくなる。

62
コミュニケーションとは会話だけではない。思考も言葉だけではない。

思考が言語で行われる、と多くの本に書かれているが、僕は言語で思考していない、という話を何度か書いてきた。少ないものの、賛同される読者からの声も届いている。たとえば、工作をしているとき、これをどう作ろうかと考えるが、すべて映像で想像している。言葉になどならない。僕が固有名詞を記憶しないのは、名称が思考には必要ないからであり、つまり、言葉を用いて考えたり、記憶したりしていない、ということ。

言葉はコミュニケーションのツールであるが、このコミュニケーションでも、言葉を用いないものが多々ある。たとえば、現物を見せないと理解しにくい場合、これは映像で伝達しているわけだ。映像や動画が個人でも簡単に記録できるようになった現代では、コミュニケーションにこれらが占める割合は増加しているはず。流行の「映え《ば》」なども、その一つであって、こういうものが流行るのは、言語で表現しなければならない窮屈さを、これまで多くの人たちが感じていたからにちがいない。

しかし、このようなマルチメディアの時代において、言葉だけで語る小説は、少しずつ受け手（読者）を減らしていくかもしれない。子供の頃から、アニメがあり日常的に動画を見ているので、文字から映像を展開する頭脳の処理に不慣れな世代は、文字を目で追っても、それが頭の中で映像化されない。そういう人が増えていくだろう。今でも小説はマイナな趣味だが、さらにこれが加速し、マニアックなジャンルになる。

世界に目を向けると、まず、文字を目で読んで、音や意味に展開できない人が大多数である。また、文字の物語が普及していない地域も多い。最初の一段階、すなわち文字から言語への変換を援助したものが、オーディオブックであり、これは教会などで説教を聴いている人たちなら、そこから映像が展開できるだろう。日本でも、オーディオブックが普及し始めているのは、頭脳の処理を合理化する方向であり、現代人の頭脳に寄り添っている結果といえる。

あらゆるプレゼンテーションが映像化している。僕が若い頃の論文発表といえば、言葉だけのものが多かった。図表はあらかじめ印刷されているのだから、わざわざ表示しなかった。そのうちスライドやＯＨＰで表示し、指示棒を使って説明するようになった。多くは白黒だったし、もちろん動画などは使われなかった。

模型のキットの組立て説明書は、日本以外では今でも文章だけのものが多い。３Ｄの絵が使われるようになったのは、タミヤのプラモデルからではないか、と思っている。

63 「お恥ずかしい」「恐縮です」「面目ない」「かたじけない」という日本語。

「お恥ずかしい」が上手に使える人は、年配の上品な紳士・淑女なのではないか。これが自然にいえるようになりたいものだ。若者は想像もできないだろうが、これは「恥ずかしい」とは違う。たとえば、自分が誉められたときに返す言葉の代表的なものだろう。

「恐縮」は、上の人に敬意を示す言葉で、日常の人間関係ではなく、仕事で使うことが多い。意味的には、やはり「ありがとうございます」と同じように使える。本来、若者が使う方が相応しいのだが、これがいえる若者が、今は少ないのではないかと想像する。

ここまでが、現代語で、「面目ない」になると、もう死語だろう。これは「恥ずかしい」と同じ意味だが、「お恥ずかしい」とは違う。顔向けができない、との意味で、謝罪している気持ちも含まれている。ただ、謝罪ほど重くないような感じで用いられる。

時代劇に非常によく登場する「かたじけない」は、現代では使われていない言葉だが、聞いたことはあるだろう。学校で習う古文にも出てくるから、昔から使われていたらしい。漢字では「辱い」か「忝い」と書く。つまり、「かたじけ」というものが「ない」のではなく、「かたじけある」という言葉はない。時代劇を見ていると、たいていは「ありがとう」と同じ意味で使われている。だから、友達にちょっと感謝したいときにこれをいったら、笑いが取れるかもしれない。目上の人にいう場合は、「かたじけないことです」くらいの方が丁寧になる。時代劇だと「かたじけのうございます」といっているのを聞いたことがある。

「かたじけない」には、感謝のほかに、恐縮や羞恥の意味があるそうだ。感謝を示すときに、相手が尊い方ならば恐縮し、あるいは「身に余る」という気持ちとして「お恥ずかしい」との意味になるわけで、いずれも非常に日本的というか、謙遜、謙譲の心を示している。今の時代、親子間でも尊敬語がほとんど使われないような「なあなあ」関係なので、この種の機微は消失してしまっている。美しい日本語として、なんとか残したいものであるけれど、何をどうすれば良いのか皆目見当もつかない。

ちょっとした機会に、普段は使わない言葉が出せるというのは、周囲の人に与える印象を変える効果がある。言葉は、その人の知性を測る手がかりになる。言葉が知性のすべてではないけれど、それ以外では表に出にくいからだ。そして、その普段使わない言葉をどこから仕入れれば良いかというと、幅広い読書、あるいは映画やドラマくらいしかない。日常には出てこない日本語を知っていると、少しだけ傑出した人に見られるだろう。

64 ようやく時間的余裕を手に入れることができ、なるほどこれが「悠々」かと思う。

中学や高校のときは、自分が欲しいもの、やりたいことがあっても、すぐにそれができない。その理由は「お金」がないことだ、と考えていた。大学生になって、家庭教師のバイトを始めたら、これまであまり手にしたことのない金額を自由に使えるようになった。「そうか、これがお金持ちというものか」と感慨深かった。このとき、いろいろなものに手を出し、人生の大部分の可能性の発端となった。

その後、結婚をし、就職し、子供ができ、家を建て、と普通の人生を歩んでいたが、あるとき、「やっぱり、やりたいことができていないな」と感じるようになった。これが、小説を書いたきっかけである。そのときは、「お金がもう少しあったらな」という方向へ考えたから、お金を稼ぐ方法として小説執筆を思いついたわけだが、もう少し詳しく分析すると、お金の問題が根本にあったわけではない、と今では思い直している。

実は、不足していたのは「時間」だった。時間があればできることが、忙しいためできない。これを解決するために、資金が必要になる。たとえば、自分でやらずに人に頼めば時間が節約できる。こつこつと自分で作ることで完成できるものでも、それなりの金額を出せばすぐに手に入る。広い土地が欲しいが、近くで買うと高くなる。時間をかけることができるなら、遠くの山の中の土地を購入し、そこを切り拓《ひら》いて使えば良い。だが、その時間がかけられないなら、比較的高い土地を買うしかない。このように、時間とお金は交換ができる。逆にいうと、お金を出して買うものは、結局は時間なのだ。

子供のときには、すべてを自分でやりたかった。自分の手を使って作りたかった。しかし、大人になり、そんな時間は自分の一生の中に収まらないことがわかってきた。すべてを実現させるためには、人間の一生は短すぎるのだ。もし、仕事を辞められるなら、時間が捻出できるけれど、それをすると生活が成り立たない。以前は自分一人だったが、いつの間にか家族ができ、彼らの生活も支えなければならない。このジレンマもあった。

研究という仕事は面白くて、まったく不満はなかったけれど、今以上に稼ぐことはできない。そうなると、まったく違う仕事をする必要がある。同じような仕事では駄目で、全然分野の違う仕事を試してみなければならない。そんな方向へ探りを入れてみよう、と考えて、まず小説を書いてみたのである。一時的に時間を余分に使うことになったが、これは「時間の投資」であり、上手くいけば返ってくるだろう、と考えていた。そして、数年後には実現した。現在では、充分な時間を得た。欲しかったものが手に入ったのだ。

65 エンタテイメントの時間的な長さに関する制限が、今はほとんど消失している。

たとえば、映画は二時間くらいのものが多いが、これは劇場で観客がシートに座っていられる限界の時間だからだろう。クラシックの交響曲もこれと同じ制限を受けたはず。小説は、書籍というメディアで制限され、TVドラマなら放映時間と半年のシーズンで長さが決まっている。ポピュラ・ミュージックは、おそらくラジオで流すことを想定し、一曲の長さがだいたい同じような範囲に収まったのだろう。十分もある曲は敬遠されるからだ。また、レコードやCDなどのメディアが、大枠の時間の限界になるから、これを超えるものは、不連続なものの集合とならざるをえない。

しかし、メディアがネット配信になり、これらの制限は事実上撤廃された。それにもかかわらず、今でもだいたい同じような時間枠で作品が生産されているのは、まだ、作り手も受け手も、従来の習慣的な感覚に支配されているからにすぎない。今後は、しだいにこれらの制限に囚われないような、さらにはもっとマルチにリンクするような形態へと進化していくものと想像される。

小説を書き始めたとき、一作では短すぎる、と思った。せっかく造形したキャラクタたちが好かれないうちに事件は終わってしまう。だから、最初からシリーズにしようと考えた。だが、シリーズが長くなりすぎると、シリーズ単位での商品化が難しくなる。五～十作くらいが適当だろう。それで、最初のシリーズは五作で構想し、需要を見て延長し十作となった。これがその後、電子書籍化したあと、合本という形でまとめられ、一つの商品となった。合本は、全作を合計したときの七割以下、可能ならば半額くらいが適切な価格だと思われる。そもそも、これが印刷された書籍でできないことが、現状の出版システムの欠陥である（それどころか、書籍はセールなどの安売りもできない）。

このような考え方というのは、小説というコンテンツの可能性を見極めた場合、当然思い浮かんでくる。本来ならば、一作の中に、細かいエピソードを入れた形態にするのが望ましいが、ミステリィではこれが難しい。物語中の情報の連続性が重要だからである。

エッセィも同様で、同一テーマで書籍一冊分のコンテンツを作ることは無理がある。だから、いろいろ織り交ぜるか、複数のテーマで語るか、いずれかの選択になり、同時に、シリーズをまとめて商品化できるようにしておく柔軟性も必要になるだろう。

受け手は千差万別で、それぞれが固有の時間性を持っていて、自分に合ったものを選ぶ。生産側は、そのいずれにも対応するような商品を作らないと生き残れない。

66

忙しい趣味と暇な仕事。「忙しい」や「暇な」は、どんな状態をいうのか？

ついこのままで、仕事で忙しかった。このまえと書いたが、よく考えてみたら、もう二十年くらい昔になる。カレンダには書ききれないほどスケジュールが詰まっていたし、どの時間に何をするかも決まっていた。ほんのときどき時間ができると、趣味の作業を少し進めることができて、ああ、楽しいなぁ、と微笑んでいた。

今はそれがまったく反対になった。カレンダには書き込まれた未来の予定が一つもない。毎日なにをしても良い。誰かに会うこともないし、日を決めて出かけることもなくなった。天気が良ければ庭で作業をし、雨が降ったら工作室で一日なにか作っている。仕事らしいものといえば、作家としての執筆だが、べつに書かなくても良い。約束した仕事は一つもない。たまたま暇な時間に書くことがあって、書き上がったら、出版社へ送る。そうして、年に何冊か本が出ている。予定されているように見えるのは、書き上がってから一年後に本が出ているからであって、書くまえに予定が決まっているわけではない。暇がなければ、書かなくても良い。これが自由だ。

一方、庭や工作室での作業は、時期的なものがあり、工程としての順番もある。多くのプロジェクトを抱えているから、忘れないように、これからやることをメモしている。日時は決まっていないが、とりあえず緊迫した課題といえる。一つ片づけたら、そのメモを消す。常時二十くらいの項目があって、忙しいといえば忙しい状態かもしれない。

つまり、今の僕は、趣味が忙しいが、仕事は暇なのである。以前とは逆となったが、大きな違いは、他者に関わっていないこと。すべて自分一人の作業であり、誰とも約束をしていないし、誰かと歩調を合わせる必要もない。もちろん、誰かに見せて褒めてもらうものでもない。ただ、自分が満足する。そのために進めているだけだ。

このような状況では、「忙しい」や「暇」の意味がよくわからなくなる。自分がやりたいことが多くて、同時に全部はできないから、順番待ちになっている場合、これは「忙しい」のだろうか？　もちろん、「暇」とはいえない。しかし、暇だから、忙しくできることは事実だし、忙しいからといって悪い状態ではない。もの凄く楽しい。それから、仕事を暇なときに少し進めるのも、悪くない。けっこうな収入にもなるから、お金を減らすこともないし、また周囲（といっても家族だが）に対しても「仕事をちゃんとしています」という顔ができる。特に、僕の奥様は常識人なので、仕事をしている夫の方が好ましい、と認識している様子だ。僕の場合、世間体というのは、「妻が抱く印象」でしかない。

67 なにかをしながら、別のことをするのを、二足の草鞋《わらじ》というのか。

最近流行の「二刀流」は、本来は二本の刀で戦うことで、この場合、どちらの刀も攻撃も防御もできる。剣道にも二刀流があった。僕は剣道部だったが、顧問の先生は二刀流で七段だった。部員には二本の竹刀《しない》を持たせてくれないから、最初から勝ち目がない。

野球で二刀流と聞いたら、普通ならバットを二本振ることを連想するだろう。これは有利かどうか際どい。少なくも空降り三振はしにくくなるかもしれない。

僕は利き手がなく、左右どちらでも字が書ける。左右同時に違う文字を書ける。大したことではない。誰でも一日練習したら可能だろう。キーボードで小説やエッセイを書きながら人と話ができるし、庭にいる鳥の数をかぞえることもできる。これを話すと驚かれるけれど、誰でも音楽を聴きながら出勤できるではないか。ゲームをしながら街を歩いている人も多い。食べながら歩けるし、歌いながらダンスが踊れるだろう。

右手と左手を別のリズムで動かせるか、試してみると良い。片方は三拍子、もう片方は四拍子で指揮棒を振ってみよう。十二拍子めでスタートに戻る。口笛を吹きながら声が出せないかとか、口から息を吐きながら鼻から吸えないか、など試したことがある。できない場合には、躰の構造上の理由がある。

このような特殊なことができて、それを「特技」としてPRする人もいるけれど、実生活ではまったく役に立たない。飲み会で一回だけ見せられる「隠し芸」になるが、くれぐれも一回だけにして、あとはひた隠しにしよう。

二刀流に似ているが、「二足の草鞋」は意味が全然違う。こちらは、二つの職業を持っている人を示すが、特に、まったく逆というか、相入れないような正反対の仕事を示す場合が多い。僕は、研究者と小説家を兼業していたとき、よくこの表現で紹介されたが、研究者と小説家は、普通に両立する職業なので、やや不適切な用法と思われる。小説家というのは、時間も自由だし、空いている時間で仕事ができるから、たいていの職業と兼業が可能だろう。小学校の先生と高校の先生を兼業する方がずっと困難であるが、これは「草鞋を履き替える」ほど異なっていないので、やや抵抗があるかもしれない。

目は二つあるのに、一箇所しか見られない。これは脳の機能による制限だろうか。「ながら仕事」や「ながら勉強」は昔から否定されていて、子供のときから「集中」することを教えられる。けれど、授業中にほかごとを考えない子供はいないだろう。頭はいつも、別のことをしようとするものだ。寝ながらだって夢を見ることができるように。

68

時事ネタを取り入れたところ、わりと好評だった。同時性が求められている？

前々回くらいから、本エッセイシリーズに、少しだけ時事ネタを加えてみた。コロナのこととか、ロシアのウクライナ侵攻のことなどである。それ以前は、できるだけ時事ネタを入れず、また抽象的な話題を多くして、内容の普遍性を重視していた。森博嗣は、そういうものだ、と皆さんが理解されていたようで、時事ネタを入れたことはインパクトがあったようだ。反応としては、良いものが多かった。悪い場合は反応しない人が多いので、好まれている、と受け止めたわけではない。それに、時事ネタといっても、かなり大きな事件で、世界的なものだし、長く語られるものだと思われるので特別だともいえる。

今回は、あまり時事ネタを入れていないはず。というのも、入れるようなネタがここ一年ほどなかった。それだけ平穏だったのかもしれない。ミサイルをまた打ちだした国とか、何故ロシアの空軍は出てこないのかとか、感染者は減っていないのに「収束」なのかとか、元首相が銃撃されたりとか、集団の強盗が相次いでいるとか、あれこれニュースで知ったけれど、これといって書くようなことを思いつかない。

最近強く感じることは、報道が左右どちらかに偏っていて、そういった基準で書かれているから、客観性が疑われることだろう。国内のことは、右と左があるから、両方読めば平均できるが、国外のことはアメリカ寄りの報道しかなく、中国やロシアは完全に悪者になっている。そちらの味方をするつもりはないけれど、情報としては事実を知りたい。自分でそれらを修正しながら見ていると、その修正癖で、普通のものも斜めに見えてくるので、あまりよろしくない。好きか嫌いかを切り捨てた評価を心がける必要がある。

マスコミというのは、なにか偶然にヒットしたコンテンツを、「これが売れる！」とゴリ押しする方針を昔から貫いている。ヒットの影に隠れた部分を切り捨てる。そうしているうちに、受け手はマンネリが鼻につくようになり、「まだ、これなのか」と溜息をつくのだ。マスコミも商売なのだな、と諦めるしかないのか、それとも、商売ではない報道システムを築くべきなのか、近い将来に議論され、変革が訪れることが予測できる。

それにしても、インターネットが悲惨な状況になっている。コマーシャルで溢れかえって、通信速度が充分でなかった初期の頃よりも重く、肝心のコンテンツがなかなか表示されない。これらも、表示回数やクリック回数で広告料金が決まることが問題で、ネットも商売なのだから、と諦めるしかないのか、それとも……（以下同文）

スマホでネットを体験している世代は、可哀想だとさえ感じるこの頃である。

69 「クリームシリーズ」について十二年間を振り返る。

「クリームシリーズ」というのは、今あなたが読んでいるこの本のシリーズ名で、「何がクリームなんだ？」と思われる方が多数だろう。それは置いておいて……。

最初の頃から比べると、各タイトルが短くなっている。この理由は、半分ほど進んだ巻で書いたが、最初はツイッタぽくタイトルだけで意味や価値を持たせるようにしていた。すると、大勢の読者がそのままコピィしてネットで紹介し、結局タイトルだけが広まる。本文に書いたことは読まれない。ちょっとそれはいかがか、と感じた。だから、タイトルを抽象的な短いものにし、なんの変哲もない感じにしている。この方が目立たない。また、本文も多分に抽象的になっているから、何を書いているのか、結論は何なのかわからない、とイライラする読者も増えただろう。まあ、それが狙いなので順当である。

いつも書いていることだが、僕のようにしなさい、僕が考えることが正しい、僕が言ったとおりになる、僕と同じように感じなさい、ということを書いているのではない。全然違う。僕が考えて書いていることだが、それを鵜呑みにするのではなく、あなたも考えた方が良い、いろいろな考え方があって、いろいろな人間がいることを認め、そのうえで自分というものを活かしてはどうか、と一つの方法を提示しているだけだ。

僕の考え方を取り入れる必要はないが、少なくとも考えることは必要だと思う。これはほぼ確かである。何故なら、人間が生きている理由がそこにあるからだ。

さて、これまでに出版した僕の本で、最も長いシリーズは、「MORI LOG ACADEMY」の十三巻だった。クリームシリーズは、来年にはこれに到達する。できれば、それを越えて最長としたい気持ちが少しあるが、特に意味があることとは思えない。人生というのは、無駄が堆積したものだが、結局は年輪や地層のように、その積み重ねだけが刻まれる。死ぬまで書くなんてつもりは毛頭ないけれど、あとしばらくは書こうと思っている。読者に見放され、出版社が駄目だというかもしれないが。そうなれば、あっさり辞められる。

本シリーズに対する感想では、自分と違う考え方、言葉の厳格な意味、森博嗣の日常、など、それぞれのファンがいる。なかには、これを「日記シリーズ」だと思っている読者もいる。たしかに、これまで三十冊以上出したブログ日記本でも、内容的にはだいたい同じことを書いていたのだ。テーマ的にほぼ同じだし、また内容でも被っているものが多数ある。代わり映えのしないものに、よくもここまでつき合ってもらえるものだ、と感心しているが、もちろん嫌味ではない。ありがたいことだと感謝。なにも出ませんけれど。

70 シリーズで続いているサスペンスドラマにありがちな設定。

ここ数年、暇に任せて海外ドラマを見まくっている。無料で見られるドラマは見尽くしたといえるほどだ。もともと、映画はSFが好きだったから、シリーズドラマも、SFを見ていたが、サスペンスものが数としては多いので、自然に多数を見る結果となっている。アメリカかイギリスが舞台のものがほとんどで、英語で聴いて、日本語の字幕を表示させている。半分くらいは耳で理解し、これを目で補っている形といえる。

先日、珍しいチェコのサスペンスを見た。これは『殺人分析』というとんでもなく地味なタイトルがつけられていて、これだけはいただけない。ドラマは、淡々としたシーンで丁寧に描かれていて、素晴らしく面白い。さほど捻られていないのも良かった。登場する人たちも新鮮なキャラで、やはり文化が違うところでは人も違うな、と感じた次第。

ただ、チェコ語は全然わからないから、日本語の字幕に頼らざるを得ないのだが、みんな早口なのか、チェコ語が短くても表現豊かなのか、字幕を半分くらいしか読めなかった。半分読めば話はわかるので悪くはない。やはり、少しはその言語を知っていないと、字幕だけでは理解が追いつかないこともある、といえるかも。

英語で見ているドラマでは、シリーズが長く続いているものが面白い、といつだったか書いた。それはそのとおりなのだが、長く続くとマンネリになる。それを防ぐためか、主要キャラの身近、つまり親族や恋人がなんらかのトラブルを抱えていて、主人公たちがそちらへ気を取られてしまう、という展開がほとんどだ。こういうのを、キャラの深みとして評価するのか、それとも、日本のミステリファンのように、事件に無関係な情報が混ざりすぎて不純だ、と批判するのかは、僕にはわからないが、世間一般では、「完全無欠な主人公ではつまらない」との感覚が支持されている、ということだろう。

ただ、事件の捜査では沈着冷静で優秀な捜査官が、自分の過去をトラウマとして抱えていて、つい感情を爆発させ、衝動的な行動を取ってしまう、というものがあまりにも多すぎて、やや興醒めする。冷静な人物であっても、内に秘めた感情は激しい、と描きたいのかもしれないが、ちょっとありえないほど、キャラが薄っぺらく見えてしまう。自分自身のことなら、余計に感情を抑えるのが、「冷静」な人間であり、そうでなければ、公平で客観的な判断をするうえでミスが生じやすく、信頼が損なわれるだろう。

グループのキャラたち誰もが、このようなダークな問題を抱えているシナリオが多くて、そこまでしなくても、と引いてしまう。もう少しリアルでも良いのではないか。

71 日本が技術後進国となったのはどうしてなのか？

経済評論家でもないので、そんなことはわからない。意見はいろいろあるだろう。ただ、僕が若い頃の日本は破竹の勢いで先進国にのし上がった。アメリカでは、日本の製品ばかり売れて自国の商売が駄目になる、との不満から日本バッシングが盛んだった。そんなニュースを見て、「だって、日本製の方が優れているし安いんだ。アメリカの企業の努力が足りないせいだ」と笑っていた。日本は技術大国だ、という自信を持っていた。それが、少しまえの韓国だし、今の台湾や中国である。今後は、ベトナムやインドになるだろう。日本が衰えたのは、日本の企業の努力が足りないせいなのだろうか？

趣味の模型関係では、九〇年代には既に日本製は劣勢だった。今世紀に入ると、「もう日本は駄目だな」と如実にわかった。労働力が安いからアジア諸国で生産する。すると、その地で技術者が育つ。育った人たちが、今はその業界を牛耳っているだけだ。一方で、日本の企業は、世代が代わり、技術に関心がない役員ばかりになり、開発よりも儲かる事業（たいていは金融絡み）で会社を維持しようとしている。

　また、豊かな社会になるほど、社員たちはビジネスライクになる。ハングリィの反対だ。ファミリィ第一、自分の趣味第一。社会もブラックな労働を排除する。残業もしないし、無理に働かない。かつては一人でできていた仕事が、今は何人もいないとできない。ちょっとしたことで鉄道は止まるし、システムがダウンするし、犯罪を取り締まる警察官も不足しているし、トラブルを解決するのにも時間がかかる。なんでもゆっくりと余裕を持って当たるから、こうなる。イライラすることはない、これがゆとり社会というもの。

　同じことを繰り返す仕事というのはマンネリとなるし、それぞれの個人が、自分なりに合理化し、サボるというほどではないにしても、適度に手を抜こうとする。また、現状を維持していれば、現在の立場や収入が保証されるので、新しいことを取り入れて、慣れている作業を混乱させたくない。二十年後には効果を発揮する新システムだとわかっていても、自分が働いている間は変革はご免だ、と考える。こういうのは「お役所仕事」と呼ばれる形態だが、国全体がこのような倦怠に包まれるのであろう。

　日本が技術後進国になった一番の理由は、そもそも技術立国ではなかったからだ。たまたま戦後にアメリカの傘下にあり、近くで戦争もあり、特需に沸いただけのことで、日本人が勤勉だとか、細かい作業が得意だとか、そんな勘違いをしばらくしていただけ。今は、観光立国になろうとしているが、観光もデジタル化することを忘れない方が良い。

72 ＡＩは今後どのように社会に進出してくるのか？

というより、もう進出している、が正しい。今後、人間の仕事を奪うだろう、といわれているけれど、もうかなり奪っている。でも、そんなに人間は困っていない。ＡＩが人間の仕事を奪うのは、それがＡＩの使命であり開発目的だからであり、人間が望んでいることなので、喜ばしいと考える方が適切。困った問題では全然ない。

最近、ＡＩがもっともらしい受け応えをするようになった、と話題になった。こんなに普通にしゃべれるのか、と驚いた人も多いだろう。だが、話している内容のディテールはちょっと問題がある。おしゃべりは上手でも、知識が間違っていたり、一貫性がなかったりする。このような傾向の人は、一般にも大勢いる。社会に出て普通に生活している人、例えば営業マンとかで、話は上手だが、内容が伴っていない人物、心当たりはないだろうか。そう、この種の人間が多いから、ＡＩも当然こんな人間を真似て育つのだ。

たとえば、学者だけを相手にして成長したＡＩなら、もう少し実のある会話をするだろう。論理的なもの言いをするようになる。一般の人を相手にして、相手が面白がれば、受ければそれで良いとの判断をするだろう。こうして、軽率な友人が出来上がる。

専門の分野では知識や、過去の判断が間違っていなければ、的確な仕事をするＡＩが育つから、この分野では既に実用になるレベルになっている。また、アートの分野では、過去に学ばない方がオリジナリティが出せるから、すぐにもデビューできる。制作時間が極めて短いので、人間が太刀打ちできるはずがない。

シンギュラリティが話題になっているが、これは、人間がＡＩを育てるのではなく、ＡＩがＡＩを育てるようになって、たちまち到来するだろう。人から学ぶ間は大したことないＡＩも、ＡＩが指導し、ＡＩどうしで切磋琢磨するようになれば、飛躍的に賢くなる。また、ハードの設計もＡＩが行い、ＡＩが新たなＡＩをデザインし、生産するようになれば、発展のスピードはますます上がり、大きなパラダイムシフトが起こる。もうすぐそうなるはずである。

ただ、人間の仕事を奪うとか、そんなレベルの話ではない。人間は何をすれば良いのか、それもＡＩに尋ねて、ＡＩの指導を受けるようになる。そんな世界は嫌だ、もっと人間が尊重される世の中であってほしい、と願う人も多いかもしれないが、しかし、現代が既にそうなっている。皆さんが気づいていないだけの話。人間らしく生きたいのなら、まずはスマホを手から離してはいかがか？　それができないのが、支配の証拠かと。

73 意識高い系のジレンマは、歓迎すべきジレンマだ、という意識が高尚。

　どういうわけか、悩み相談を受ける機会が多い。おそらく、このように文章を書いて本を出している「先生」なのだから、有用な助言を期待されているのだろう。特に、愛欲まみれの修羅場、といった悩みは来ない。先生に相談するのだから、私の意識が高いことを認めてもらいたい、との傾向が垣間見える微笑ましいものがある。微笑ましい、というのは「呆れる」に近い意味なので、嫌味であることをお断りしておきたい。勘違いして、微笑んでもらえるなら、と増長されると困る。

「Aをしなくてはいけなくて、それで大変で困っています」という悩み。「だったら、Aをやめたら?」と簡単に答えると、「Aをやめたら、自然にBになりますよね。そのBがもっと嫌なんです」と返される。つまり、この方は、AかBかの選択を強いられていて、BよりはAの方がましだ、と判断しているのだ。であれば、最初の悩みは、「悩み」ではなく、単なる「愚痴」だ。悩むだけ無駄なので、忘れた方が良い。

「そうかな、どう考えたって、Aをやめれば即解決に見えますね。べつにBだって良いのでは？」と感想を述べると、「Bにしてしまった自分が許せないんです」とおっしゃる。つまり、楽な方を選択すること、安易な方へ流れることは、「負けたような気がする」らしいのである。「べつに、負ければ良いじゃないですか」と笑うしかない。

世の中には、このような高尚な意識を持ち、勝ち続けたいと思っている人が、わりと大勢いらっしゃる。もちろん、じっくりと観察すれば、至るところで「負け」や「妥協」があるのだが、そういうものを見ないようにして、自分を維持している様子も窺える。

立派なことだ。疲れるだろうな、とは思うけれど、そうした生き方もべつに悪いわけではない。ただ、もしそれが信じるライフスタイルなら、最初の悩みか愚痴をアウトプットしないことだ。そうすれば、もっと完璧に近づける。たぶん、周囲から「大変だね」「立派」と褒めてもらいたいから、ついこぼしてしまうのだろう、と想像する。

ネットにアウトプットするものも、大部分がこの類のようだ。褒められたい、羨《うらや》ましがられたい、といった意図の写真や文章が目立つ。そういうものが、人間の弱さであり、僕は「意識が低い」と感じるけれど、悪いというほどでもない。人に迷惑がかからなければ、よろしいんじゃないでしょうか、としかいえない。

このような悩みを抱えていますが、それでも楽しく日々を過ごしています。そんな強いメンタルを褒めてもらいたい、と訴えている。そのメンタルが、明らかに弱い。

74

子供をのびのびと育てたい、犬を好きなように遊ばせたい、というエゴ。

「子供をのびのびと育てたい」はよく耳にする綺麗な言葉である。誰も反対しない。犬だって、犬がやりたいように、好きなことをさせる方が良い。そのとおりだ。しかし、放っておいたら、子供は道路へ飛び出し、犬もどこかへ行って迷子になってしまう。

子供も犬も野生に返すのなら、放っておけば良いが、人間社会で一緒に暮らすつもりなら、教育や躾《しつけ》が必要になる。これは、のびのびではないし、好きなようにさせられないことになる。してはいけないことを教え、囲いの中に入れたり、リードでつないだりする必要がある。それは子供や犬の自由を奪っているし、本能に逆らう行為であるけれど、生きていくために必要な「安全」を確保するためだ。小さいときにきちんと教えれば、子供も犬も大人になったときに、周囲に受け入れられ、自分の自由を手に入れられる。

どこのことかは知らないが、公園で遊ぶ子供の声がうるさいから、周辺の住民が苦情をいったところ、子供を遊ばせられなくなり、ついに公園が廃止になったというニュースがあった。これに対して、「子供をのびのびと遊ばせられるように」との運動が起こって、問題が大きくなったようだ。僕は詳しい事情は知らない。

苦情をいった人は、「公園を廃止しろ」と訴えたのではない。ただ、「声が煩い」という苦情だ。これに対して、誰か子供たちに「静かに遊びましょう」と教えたのだろうか？　僕が読んだ幾つかの記事には、それが書かれていなかった。そうではなく、いきなり「子供が声を上げるのは自然だ」「静かにしろと子供に命令するなんてできない」となり、「公園では遊ばせない」という結論に飛躍している。遊ばせられないなら、公園の維持はしない、となった結果、廃止になったらしい。

幼児は、言葉で指導することは難しいだろう。でも、できないことではない。その努力をしなかったのは、それが面倒だという大人のエゴではないか。自分の子供だったらできるが、預かっている大勢は無理だ、との判断だろう。もちろん、当然ではある。

子供は大声を出すものだ、と思い込んでいるから、この選択がスキップされた。同じように、街中の並木は伐採され、犬はおむつをして散歩に出かけなければならなくなる。かたや綺麗事、かたや合理化、どちらも正論だが、その中間でなんとか折り合いをつける面倒を誰もしようとしないから、対立し、イエスかノーの判決しか出ない状況となる。

大声を出した子供たちを連れて、苦情を言った家へ謝りにいったのだろうか？　そこで、子供たちが「ごめんなさい、静かにします」と言ったら、問題は解決したのでは？

75 「くじける」や「へこたれる」という状況に陥っている人って、何を期待したの？

「くじける」は、「挫《くじ》く」と同じで、関節などを不自然に捻って傷めることだ。子供のときによく足を挫いて、数日痛かったことがある。「くじける」は、そういった怪我ではなく、勢いがなくなること、やる気を失うことを意味している。精神的なものだ。「出鼻を挫く」などもよく耳にする。やろうとした途端に気力を失わせること。

「へこたれる」も似ている。やる気が失せること、元気がなくなることで、「疲れる」の意味もある。「くたばる」や「へたばる」も同じような意味だが、主に身体的な疲労を意味している。「へこたれる」は、疲労と同時に、気力も失うことのようである。根性もののドラマや漫画で、鬼コーチがこの言葉で叱ったりする。綺麗な言葉ではない。

何人かのチームで行動するような物語でも、誰か一人が「もう駄目だ」と悲観的になったり、反抗的な態度を取って仲間どうしが不和になる。そうした危機を乗り越えて成功するストーリィが多い。へこたれていた一人が、最終的に犠牲的な活躍をするとか、反抗していた一人が最後にはチームを救ったりする。まあ、現実には滅多に見られないことだが、ドラマではあまりにも多過ぎて、「またそれか」と食傷するパターン。でも、そういうストーリィが皆さん、大好きだということはどうも確からしい。

普通は、くじけても、へこたれても、誰かが慰めてくれることはない。そういう人は、戦力外になるだけで、すぐに代わりの人に交代となる。それが本当の、そして現実のチームワークというものだ。それくらいは覚えておいて損はない。

したがって、くじける暇はないし、へこたれるだけ損なので、そうならないように、自分を自分で励ましつつ、騙し騙し進むしかない。誰でもそうしているのだ。外面ではそれがわからないから、自分だけがこんなに落ち込んでいると思いがちだけれど、それくらいのアップダウンは、ごく普通のことだという認識を持った方が生きやすいだろう。

失敗や不運が続いて、「ついていない」と感じたときは、これからは良いことがあるはず、と考えれば良い。これを「気持ちを切り替える」などと表現するが、そんな大それたものではない。失敗しないように、少しゆっくりと慎重になって進めれば、失敗は続かない。どうしてかというと、もう失敗したからだ。失敗すれば、同じ失敗を避けられるのだから、道理としても正しい。

むしろ、何故へこたれてしまったのか、自分はどんな状況を期待していたのか、と少し振り返ってみよう。きっと楽観的な予測をしていた過去の自分が見つかるだろう。

76 これまでの人生で「観光」のために自分のお金を使ったことが一度もない。

振り返って思い出してみたが、少なくとも大人になってからは一度もない。子供の頃は、親が旅行に連れていってくれたが、特に面白いと思ったこともなく、思い出というものもない。それよりも、自分の部屋で工作をしたり、図鑑を眺めている方が楽しかった。

大人になり、模型店を訪れるために遠くまで出かけていったことはある。新婚旅行も、自分の車を運転して、東京の模型屋を巡る旅だった。海外へも何度か出かけたが、研究者の頃は海外出張だったし、作家になってからは取材旅行というのが表向きで、自費で行ったことは一度もない。ただ、時間を見つけて模型店を巡ったりはした。

インタネットで世界中と話ができ、なんでも買えるようになったから、もうどこへも行く必要がなくなった。そうなってからは、一度も出かけていない。半年くらい住んだことはあるけれど、ずっと街中のホテルにいた。図書館、美術館、模型店は行ったものの、観光はしていない。人混みは嫌いだし、行列に並んだこともない。遊園地は好きだが、入場者が係員よりも少ない場末の遊園地しか行かない。でも、これは観光だろうか。

もう二十年ほどは、出かけなくなった。ドライブはするけれど、目的地はない。走ってぐるりと巡ってくるだけ。景色の良いところは、身近で間に合っている。世界中の景色がいつでも見られる。時間も時代も超えて訪れることができる。どうして、大勢の人たちが旅行に出かけるのか、僕にはさっぱり理解できない。ただ、旅の途中で酒が飲める、帰ってきてから自慢できる、といった程度のことだろうか、と想像している。

ネットのせいで、普通の「店」が成り立たなくなった。そういう商売は、ビジネスから撤退せざるをえない。そうなると、人が訪れるようなもの、飲食業か観光業、そしてエンタメ業が、最後の砦《とりで》になるのだろうか。マスコミも協力して盛んに宣伝をしているが、人が現地まで出かけていくことは、エネルギィ的にも地球環境的にも負荷となり、好ましくない。今世紀のうちに廃れることはまちがいないだろう。今のうちに、デジタルへのシフトをするべきでは？　コロナ禍の数年間にそれを学んだのではないのか？

知的好奇心を満たすために、かつては出かけていかなくてはいけなかった。それが、今はネットさえあれば万能となった。ただ、ネットでは、まだものが作れない。これから、工作もバーチャルになっていくだろうか。たぶん、そうなるのも時間の問題だ。

観光地は、集客のために建物や交通を整備したりすることよりも、自然を保護するために資金を投じることを考えた方が、将来の存続と価値につながるだろう。

77

人間の毛は、地球の植物みたいなものか、と子供の頃に想像した。

毛が多いところは森林で、髭《ひげ》は草みたいなものか、と。人間の肌の表面にも、小さな生物がいて、自分たちの土地で暮らしているかもしれない。どうして、山や川があるのか。山はどうしてできたのか。遠くから眺めていると、大きな恐竜が死んで、それが山になったようにも見えた。怪獣が出てくるTVを見ると、いつも死んだ怪獣が山になるのだな、と思えた。しかし、図鑑などで調べると、山は地表にできた皺《しわ》だという。人間の表面にも皺がある。地球も歳を取って皺だらけになったのか。そんな想像をしていた。

草や樹がどうして成長するのか、とても不思議だ。それは毛が伸びるのと同じようなものなのか。そのうち細胞の存在を知り、もの凄い数の細胞で人間ができているとわかる。地球にいる動物や植物も、地球を作っているけれど、細胞と違い生きていないもの、たとえば土や石がある。地面は生きていないのに、時間をかけて変化する。川の流れ方も変わるし、地面は陥没したり隆起したりする。こうなると、生きているといっても良いのではないか。ただ、時間的にゆっくりだというだけで。

水は人間の体内でも、また地球の表面でも、常に巡っている。地球はなにも食べないけれど、それは地球の中心にまだエネルギィが蓄えられているからだろう。寿命が長いのは大きいからだ。そんなことを考えていた。これらの想像は、それほど間違っていない。解釈の問題としてずれてはいるけれど、大筋は正しい。

生きものが成長するのは、川の水が流れるような物理現象や化学現象と同じだろう。神秘的な力や反応があるわけではなく、すべてが高いところから低いところへ流れるのと同じ。宇宙で星々が運行するのも同じ。

そうなると、人間が考えていることも、化学反応によるものだから、水の流れのような現象にすぎない。意志があるように自分で認識しているけれど、これも自然現象といえる。すべてが自然現象なのだ。子供の頃には、ここまでしか考えられなかった。相対性原理の本を読んで、少しわかった気になっていた。

しかし、もう少しすると、量子力学が発展し、不確定性原理が広まった。子供の頃に一番不思議だった重力の伝わり方も、説明ができそうな雰囲気になってきた。ブラックホールも見つかり、重力波も観測された。だいぶはっきりしてきた。明らかになってきた。神様がいないこともわかったし、運命や因果や生まれ変わりがないこと、精神が時空を彷徨《さまよ》うことがないのもわかった。それらを僕が理解することも、自然現象だろうか。

78

「奥様は良き理解者なのですね」といわれることがあるが、どういう意味？

「良き理解者」とはどんな人を示す言葉なのか。その反対の「悪《あ》しき理解者」というのも想像し難い。単に「理解者」で用が足りる気がする。どういうときに、その言葉を聞くかというと、僕が庭で機関車で遊んでいたり、ガレージで車の整備をしているところを見られたりしたときで、よほどの道楽者だと認識され、こんな金のかかりそうなことを、この男の妻は許しているのか、といった疑問が含まれた皮肉のようだ。この発言は、たいていは日本人の年配の男性によるものだ。その人の奥様がすぐそばにいるときは、「良いご趣味ですね」といったフォローがある。女性は、妻が理解者だとは思わないようだ。そして、自分の夫の趣味と比較しているのだろう。だいたいは、酒を飲むことかギャンブルに金を使ってしまう。それに比べれば、という感想なのだろう。

僕の奥様（あえて敬称）は、少なくとも理解者ではない。適切な形容を思いつかないが、見逃している、見て見ぬ振りをしている、せいぜい良い方向に取っても、「許容者」くらいだ。しかたがないか、と許しているだけで、理解しているわけではない。僕も、彼女の趣味を理解していない。許容しているだけともいえる。お互いに、迷惑にならない範囲でなら、好きなことをすれば良い。少々気に入らないことがあったとしても、めくじらを立てるのは大人気ない、これくらいは許容しよう、とお互いに判断しているはず。

この状況を、きれいな言葉にすると、「優しく見守る」となる。つまり、これが「優しさ」であり、「守る」ことなのだろう。ラブラブで理解し合っているわけではない。そこのところを若い人は勘違いしているかもしれない。勘違いしても悪くない。むしろ勘違いしている方が幸せだ。でも、人間というのは、もう少しドライな生きものなのだ。

人によって、この許容できる範囲がさまざまだが、都合の良い行いならプラス、都合の悪い行いならマイナスで、点数が集計される。食事や旅行に連れていってくれたらプラス、家に突然友人を連れてきて遅くまで酒を飲んでいたらマイナス、などのように点数が加算され、マイナスの限界を超えると許容できない状態、つまり「理解者」ではなくなる。だから、「良き理解者」とは、この限界値（の絶対値）が大きいのか、それとも個々の評価値が小さいのか、それとも集計をしていないか、のいずれかだろう。

人の趣味を評して「奥さんの理解が得られて良いですな」とおっしゃる人は、だいたい、ご自身が奥様を理解していないし、マイナスポイントを積み重ね、持ち点が限界を超えている。胸に手を当てて、反省された方がよろしいかと。

79

「相応《ふさわ》しい」という言葉が、最近では難しい日本語の部類になりつつあるようだ。

普通に誰でも使っている表現だと思っていた言葉が、若い人たちが使い慣れないものであったりする。かつては、言葉は自分が話し、耳で聞くという以外には、本を読むしかなかった。だから、本を読まない人たちは、自然に語彙《ごい》が少なくなる。知らない言葉は使わないから、表現が稚拙にならざるをえない。結果的に、無口な人になることが多かった。しかし、現在は子供の頃から、仲間と文章でやり取りをする。いつでもどこでも、文章で情報が得られ、意味が少しわからなくても、よく使われる表現をインプットする。それを自分でも真似て使ううちに、少しずつ本来の意味から外れる意味となる。そういったケースが多いし、また、比較的短時間に意味の変化が起きやすいようだ。

一般の方の呟きをネットで観察していると、まず一割くらいは、まったく意味が取れない。残りのまた二割くらいは、言葉の使い方が普通ではない。だが、そうした不完全な言葉が、文字どおり「活字として」残り、広く伝達され、長く記録される結果となる。

情報化社会においては、清濁いずれもそのまま広がる。つまり、浄化されない。かつては、間違った言葉はここまで存続せず、自然に消えていったのだ。

さて、「相応しい」という表現で、このようなものを見かけた。「この作品は独特で面白くて、これに相応しいものはなさすぎる」というもの。作品を褒めているようだ。最後の「なさすぎる」は「ない」の強調として定着している新表現。問題は、「相応しい」である。これは、おそらく「匹敵する」に近い意味で使っているのだろう。たしかに、「相応しい」と「匹敵する」は意味が似ている。あるいは、「これに」を「これほど」にするだけで、少し日本語らしくなる。ようするに、「独特で面白い」ものとして「相応しい」と強調しているので、意味が取れないことはない。だから、友達どうしの会話であれば、このままで通じてしまうだろう。だから、本人も気づかず、この表現を使い続ける。だが、一般的に見て、やはりおかしいし、まともではない。

「相応しい」は、「等しい」ではなく、「似つかわしい」「その価値がある」というような意味であり、比較する二者の価値を同時に評価している。しかし、「独特」で「面白い」は、既知の価値であるから、これと作品の価値を比べる点に不自然さがある。だから、逆にして、「この作品には、独特という表現が相応しい」なら意味が通る。「独特で面白いものといえば、この作品の右に出るものはない」でもわかる。

ところで、「相応しい」の漢字、僕は使っているが、やや読みにくい部類といえる。

80

なるべくゆっくり執筆するように心がけている今日この頃であるが……。

この本は、毎年書いているエッセィ本で、もう十二年めになる。初めのうちは、各タイトルだけを半年ほどかけてメモし、本文は一週間ほどで一気に書いていた。現在は、日頃から作家の仕事をほとんどしていないので、この本も、一カ月以上かけて、つまり一日に二十分ほど執筆する、といった執筆法を採用している。書くことも、溜めておくことをしないで、執筆時に考える。思いつかなかったら、ほかのことをする。自然体執筆法とでもいうのだろうか。だから、以前に比べると、前後関係にやや連想的なリンクがある。

小説も、最近はゆっくり書くように心がけている。一日に二時間も執筆することはない。一作に一カ月くらいかける。小説はもともと白紙の状態から書き始めるので、最初のうちは、考えることが多い。でも、工作ほど頭を使うことはない。物語というのは、流れがあるから、流れるままに書くだけだ。エッセィの流れは、少し捻くれているから、その分、紆余曲折があり、右往左往しながら書いている。書くことはつまらないわけではないけれど、できるだけ多くの人にわかってもらえるように書くことは、多少面倒くさい。

毎日、だいたい同じことをしている。季節によって違っているが、やっていることは似ている。まあまあ健康なので、これが続けられる幸せを感じている。犬は可愛いし、ドライブは面白い。ガラクタや自分が作ったものに囲まれている。本も読むし、映画やドラマも見ている。ただ、メールやラインで友人と話をするような暇はない。人と会って、一緒に食事をしたり酒を飲むような暇もない。そういった親睦は、人生から切り捨てた。何故かといえば、それらが非生産的すぎると感じたからだ。若い頃には他者から得るものが多かった。今は、それがもうほとんどない。ネットから得られることで充分なほど、蓄えができたといえる。これは、模型もおもちゃも工具も同じ。

ようやく、新刊も減ってきたためか、森博嗣が引退することが読者も実感できるようになったらしい。あれだけくどくどと書いても、「引退していないじゃないか」という声ばかり届いたが、そういう花火を打ち上げるような目立ったことはしない。あしからず。

新刊が減っているのに、印税は減っていない。むしろ少し増えているくらいだ。電子書籍がとにかくよく売れる。古い作品が新刊のように売れるので、作家冥利《みょうり》につきる（わざとらしい表現で失礼しました）。

今のところ、将来のことはあまり考えていない。大きな変化はなく、この調子で静かにフェイドアウトしていきたい、と望んでいるが、まあ、成り行きに任せましょう。

81 ジェネレーション・ギャップがいかに恐ろしいものかを、日本は今体験している。

ここ二十年ほどの日本の衰え方は、目を覆いたくなるものだろう。特に、僕よりも上の世代は、「情けない」と舌打ちして悔しがっているかもしれない。彼らが一線で頑張った戦後の日本は、史上最高だったのだ。経済成長もそうだし、産業、技術において、世界のトップにあった。日本人は勤勉で、器用だから、と大いなる自信を抱いた。

それが今は見る影もない。原子力発電所は事故を起こし、国産ジェット機は頓挫《とんざ》し、ロケットは打上げ失敗、リニアだって、いつできるのかわからない。ワクチンや薬の開発もできない。医療は崩壊している。経済は低迷、おまけに国の借金は異常に膨れ上がっている。アニメなどのオタク文化が、少し遅れて開花したけれど、これももう風前の灯といえる。いったい、どうしてこんな「ジリ貧」になってしまったのか？

いろいろ理由が語られているけれど、一言でいえば、ジェネレーションが代わったからだ。世界一を誇った当時の世代が引退したからである。つまり、現在は第二世代になった。この世代は、どのようにして日本がトップに君臨できていたのか、それを体験していない。ただ、知識として教えられただけで、そのセンスを受け継いでいない。

これは、この第二世代が怠慢だから、という意味ではない。第一世代が、異常なまでにハングリィでがむしゃらだっただけで、今はそんな時代ではない、というだけのこと。最初の世代は、鬼のように働いた。それらの精神は、マニュアルには残っていない。明文化したら、確実にパワハラになる。無理をしてはいけないし、無理を強いてもいけない。だから、鉄道はすぐに運休し、頻繁に遅れる。工事もゆっくりだから、ちっとも進まない。水道管は破裂し、橋や柵は壊れ、土砂災害は増える。停電も断水も長引く。犯罪の解決にも時間がかかり、病院の待ち時間も長くなる。みんなのんびりと働いているから、この程度のことでいらいらしない。まあまあ、良いじゃないの、怒らなくても、となる。

悪いことではない。僕よりも下の世代は許容している。情けないなんて思わない。みんなが笑顔でいられれば、それで幸せじゃないか、と認識している。少々物価が高くなっても、住むところはあるし、スマホはあるし、スタバへも行ける。少しくらい我慢しなければいけない、との余裕を持っているのだ。全然悪くない。皮肉ではありません。

ゆとり教育を受けた第二世代は、子供のときから、ゆったりとした優しい人間になるように、と育てられたのだ。「空気を読む」ことで、みんなが仲良くつながる、そういう日本にしたい、とぼんやりと思い描いているのだ。全然悪くない。もちろん皮肉でもない。

82

「十年一昔」とはよくいったものだ、と最近になって思う。

今日は、奥様（あえて敬称）と一緒に三十キロほどのところにあるマクドナルドまでドライブした。後部座席には大きいシェルティが乗っていて、ときどき、奥様の耳を舐めて笑わせていた。こういう機会にしか会話がないのだが、今日は、「あれは何年まえ？」というクイズを出し合った。僕の母が死んだのは、父が死んだのは、引っ越したのは、君のお母さんが亡くなったのは？ といった具合である。最近、お互いに年寄りになり、十年がたちまち過ぎる、と感じる。どこどこにあれができるのは十年後らしいけれど、それまで生きていられるかな、といった話で、年寄りはみんなこんなふうだろう。

若者にとって、十年は長い。小学生だったら、ほとんど過去の一生分であるし、成人したばかりの年齢でも、二十年はかなり長い「歴史」である。だから、このさきの時間は、無限大にも感じられることだろう。

僕の場合、六〇年代は子供時代、七〇年代は青年時代、八〇年代は結婚し就職し実家を離れた時代、九〇年代は助教授と作家の時代、〇〇年代は自由生活時代、一〇年代は隠居時代、そして二〇年代が今、さて何時代になるだろう。たぶん、年金生活時代かな。

十年があっという間の時間であると、この歳になると感じるから、残された時間も僅かだとみんなが認識している。だから「今のうちに」と誰もが考え、綺麗な景色を一目見ようなどと出かけていく。そこへ観光業やサプリメント業がつけ込んでいるのは明らかだ。

昔から、人が望むものの第一位として「長寿」がある。これは何故なのだろうか？　長く生きることが、どうしてそんなに共通の願望としてあるのか。たとえば、百何歳のお爺さんやお婆さんがいて、そういう人たちに憧れているのだろうか？　老人はそんなに格好の良い存在だろうか？　あんなふうになりたい、と何故考えるのだろう？　とても不思議でならない。実際に、周囲の人に尋ねてみると、誰もが「いや、そんなに長くは生きたくない」と答える。それは「早死にしたい」ではなく、だいたい平均寿命くらいまで生きていたい、という我儘設定らしい。しかし、平均寿命がもうすぐ迫っている年代の人の多くは、平均寿命よりも長く生きる可能性が高い。平均寿命は、若くして亡くなった人を入れた集計結果だからだ。

病気になりたくない、という意味で、「長寿」が希望となるのかもしれない。ときどき、五十代や六十代で突然亡くなる人がいて、「まだ若い」「早過ぎる」と惜しまれるけれど、このくらいの年齢で突然死ぬのは、非常に良い死に方だ、と僕は素直に感じている。

83 森博嗣の講談社文庫が百冊になったらしい。では、熊は何匹いるか？

これは、つい先日のこと（今年の四月）。のんた君人形（熊のぬいぐるみ）の映像とともにネットで呟きがアップされた。それに、つい最近いらっしゃったゲストが、「1」一つと「0」二つの蠟燭をプレゼントしてくれた。百冊記念パーティのとき、ケーキにその蠟燭を立てて下さい、との心遣いである。しかし、講談社からそんな連絡はないし、もちろんパーティもない。百冊になにか意味があるわけでもない。十進法だというだけだ。ちなみに、本書は、講談社文庫で百二冊めになる。百八冊めは、煩悩《ぼんのう》を感じさせるだろう。

印刷書籍（電子出版ではない本）の累計は、一七〇〇万部くらいで、あまりキリが良いとはいえない。『すべてがFになる』は、百万部にもうすぐ届くかもしれないが、二年くらいさきだろう。新書で一番売れている『「やりがいのある仕事」という幻想』は、つい先日の重版で十万部となったから、たしか新しい帯で宣伝に使ったはず。これがどれくらいの印税になるのかというと、百万部はだいたい一億円、十万部は一千万円といったところである。たしかに、そう考えると嬉しくないわけではないが、だったら、部数ではなく、印税がキリの良い数字に至ったときにお祝いをするのが、正直で素直というもの。たとえば、生まれてから一万日めとか二万日めで、お祝いをする人はあまり聞かない。誕生日よりはキリが良いのにどうしてだろうか。誕生日というのは、閏年があるから、三百六十五日間隔とはいえず、太陽と地球の関係から考えてもキリが悪い。それよりは、生まれてから千日めとか二千日めでお祝いをした方が、まだ理屈にかなっている。

僕は、今の奥様と同じ家に住んでいる日数がもうすぐ一万五千日になる。三万日も生きることは無理なので、人生の半分以上一緒にいるのは、何の因果だろうか（少し表現に棘《とげ》があるかもしれない）。

そういえば、僕の庭園鉄道（欠伸《あくび》軽便鉄道）の四十号機が最近完成した。しかも、四十一号も既に走った（こちらはドイツ人からもらったものだ）。大きな機関車がそれだけの数、ガレージにあるのだから、大変だ。少し小さめの食パンくらいの大きさの機関車はもうそろそろ五百台になりそうな勢いだが、既に正確な数が把握できない。これよりも小さい普通サイズのHOゲージは、たぶん二百台くらいしかない（Nゲージは十台もない）。

ほかに多いものといえば、熊のぬいぐるみか。たぶん、家の中に百匹近くいると思う。否、それはオーバかな。でも、五十四は確実にいる。講談社文庫の白熊も書棚の見えるところにいる。すぐ近くに、トッポジージョもいる。え？　知らない？

84 「コロナも終息したので」を嬉しそうに話す商売人たちがTVに映りすぎる。

これを書いているのは、四月末で、日本ではGWが始まったらしい。僕はGWに出かけたことがない。人混みが大嫌いだから、大人しく家で遊んでいた。そして、そのままずっと、それがライフスタイルになってしまった。出かけずに家で遊び続けている。

ネットの報道を見ると、観光地では人出を期待しているが人手がない、という状況らしい。コロナ禍で従業員の首を切ったから、すぐに戻らないという。それはしかたがない。

しかし、口々に「コロナが終息したから」と話しているのは、何だろう？　そう信じたいのはわかるけれど、感染者は増えているように見えるし、明らかに終息していない。

ただ、五類感染症になった、というだけだ。それから、マスクの努力義務がなくなったというだけだ。これはむしろ、この三年間で最も無防備な状況といえる。だから、感染はまだ増えるだろう。それくらいは、素人でも予測ができる。一つだけ明るい方向のものは、たぶん治療方法がある程度確立してきたこと、くらい。ワクチンの効果なども明らかになってきた。変異した新しいタイプが、たまたまやや毒性が低下していることも幸いしているが、このままで終わるとは思えない。

日本人というのは、お役所の言葉を頼りにしている民族なのだな、とつくづく思わされた。五類になれば、もう大丈夫なのか。マスクをしなくても良いといわれたら、もう不要なのか。あれだけ、いろいろ対策を打ったことは、何だったのか。それらはもういらないのか？　これまでの鬱憤を晴らすときがやってきた、とはしゃいでいるように見えるのが、かなり恐ろしい。今が一番危険な状況だから、日本の人混みへは近づきたくない。

元どおりに戻る、と考えているとしたら、あまりにも楽観的すぎる。この三年間で、人と会わなくても仕事や教育が滞りなく進むことがわかった。会合やイベントが中止になっても、特に支障がないことが判明してしまった。酒を飲む機会は減ったが、好きな人は家で酒を楽しむ方が快適だと気づいただろう。

リバウンドで一時的に繁盛を取り戻しても、その後は低迷するはずである。新しいやり方へ時代はシフトしたからだ。あらゆる分野で無人化が加速する。物価高のためと、人手不足から、人件費が上がる。もう人間を使っている場合ではない。そんな少しさきのことを考えたら、「終息したから」と笑っていられるはずがない。やらなければならないことがあるはず。それとも、もう引退も近いから、と商売を諦めているのだろうか。それだったら、一花咲かせることは可能だろう。ただ、若い人はつられないよう気をつけて。

85

人生からそれらを切り捨てた、というわけでもないけれど、最近していないもの。

僕は成人してから、六十歳になるまで薬を一切飲まなかった。風邪薬も頭痛薬も。そしてこの間、一度も医者に行かなかった。歯医者は、二十四歳のとき親知らずを抜いてもらったのが最後。ところが、六十歳のとき救急車で運ばれ、一週間入院。それ以来、血圧を下げる薬を毎日飲んでいる。血圧は毎日測っているが、上は百十台、下は七十台。

タバコは、二十五年ほど一度も吸っていない。酒は二十年間、飲んでいない。自分の庭を走る庭園鉄道以外では、電車（というか鉄道）に七年間乗っていない。観光バスも路線バスも含めて、バスは二十年以上乗っていない。ギャンブルは三十五年間一度もしていない。結婚式や葬式は十五年以上出席していない。お祭りを見物したことは三十年以上ない。初詣には四十年ほど行っていない。というか、人混みを十年ほど見ていない。

二十年以上、寿司屋に入ったことがない。五年以上、レストランで食事をしていない。店の中でコーヒーを飲んだのは十年以上まえだろうか。二十年近く、徹夜をしていない。三十年以上、新聞を読んでいない。同じく、週刊誌を読んだこともない。漫画雑誌も、最後に読んだのは三十年くらいまえだろうか。

特に、この五年ほどは、お店というものに入らないし、ラーメンもピザもカレーも店では食べていないし、模型店へも行っていない。書店にも入っていない。十五年くらいライブに行っていない。スポーツ観戦は、三十年以上していない。ほとんど、他人に会わないし、話もしない。もちろん、会いたい、話したいと思うこともなくなった。

親戚関係は多いけれど、妹を除外すると、もう十五年以上誰とも会っていない。犬の散歩とドライブ以外では、自分の家の敷地から出ない。電話も、五年くらいしたことがない（パソコンで話をしたこともない）。ラインもツイッタもSNSも最初からしていない。

引き籠もりの生活に近いけれど、ゲームは一切しない。ネットから情報を得ているけれど、会話をしているわけではない。電子マネーに興味はないし、投資もしたいとは思わない（お金を増やしたいと考えない）。占いをしたことがない。お祈りもしたことがない。

自分の持ちものは売らない。買うものはすべてネット経由。あまり捨てない方だから、持ちものが溜まってしまう。自分の財布を使うことが滅多にない（月に一度くらいか）。あらゆるポイントやカードと無関係。割引やセールが嫌い。行列が嫌い。人が集まってわいわい賑《にぎ》やかな様を見ると、眉を顰《ひそ》める。家族の顔を見たいとは思わない。犬が近くにいれば、それで良い。和菓子は食べない。スイカ、ウニ、牡蠣《かき》が嫌い。おそまつでした。

86 子供の声は騒音ではない、はそのとおりだが、騒音でなくても煩《うるさ》いものはある。

赤ん坊が泣く声に文句をいわないという文化は、だいたいの国にあるように思う。これは当然のことで、明文化したり、法律にするほどのことでもない（しても良いけれど）。ただ、「子供」となると、人による。話がわかる歳であれば、「今は静かにして」と教えれば良い。泣いているのか、騒いでいるのか、それぞれの事情にもよるだろう。この頃の日本の子供に多いのは、「きぃ！」という奇声だという。癇癪《かんしゃく》を起こすのか、それとも注目されたいからなのか、公共の場で大声を出すらしい。大きな声を出して元気に遊ぼう、と教えたとしたら、その教えがどうかと思う。声を出さなくても良いし、元気もべつに出さなくても良い。普通に遊んで、自分が面白いことを自由にすれば良い。その自由を勝ち取るために、社会の最低限のマナーを教えれば良いだろう。これは、犬でも同じで、吠えてしまい、飼い主もそれを止められない場合、その犬は街中へは連れていけなくなる。

さて、法律などで「騒音ではない」と定義をしても、なにも変わらない。日本人は、そういう明文化に弱いというか、お上の言葉を神様のお告げのように大事にするから、少しは影響があるかもしれない。でも、大した影響とはいえない。言い訳に使われるだけだ。

「騒音ではない」と規定されても、「煩いからやめてもらいたい」という意見を封じることはできない。たとえば、住宅地の公園でオペラ歌手が練習していた場合、これは騒音ではないが、煩いことにはちがいない。オペラ歌手だって一般市民であり、自由に歌う権利を持っている。のびのびと音楽活動をさせてあげたい、と願うファンだっているだろう。でも、聞く人によっては、騒音と同じ部類の音になる。法律で、オペラは騒音ではない、と規定されても意味はない。

ただ、この場合も、「少し小さな声で練習をしてもらえませんか」とお願いすることで、両者の折り合いをつけることができるかもしれない。まずは、「今、私はこのような理由で大きな音は困ります」と相談すれば良い。いきなり、役所に「騒音だ」と訴えるまえに、事情を伝える。また、オペラ歌手も、ここで歌わなければならない理由を述べれば良い。そうすることで話合いができる。まずは、ここから始めることが正常な社会だ。

幼児の声は、幼児が理由を述べられないため、なんらかのサポートが必要となる。これが、「騒音ではない」という示唆であり、これを認識することは価値があるだろう。

エンジンの音が僕は好きだ。でも、騒音だと感じる人も多い。聞く人にもよるし、聞く場所、聞く時間によっても、騒音になりうる。もの凄く当たり前のことで呆れてしまう。

87 莫大な記憶容量を、現代人は単なるアリバイ証明に使っている。

『すべてがFになる』を書いたのは、一九九五年の秋だったかと思う。今から二十八年まえのこと。それが今でも毎年何万部かは重版になるほど売れている。最近これを読んだ人からは、「そんな昔に書かれたものとは思えない」という感想をいただく一方、たとえば、コンピュータの記憶装置が「一ギガバイト」で大容量との記述に時代を感じることだろう。あの当時、パソコンは二十メガバイトのハードディスクで充分だった。CDが出始めた頃には、一生かかっても、一枚のディスクをいっぱいにできない、と思ったものだ。それが、今のスマホは何十ギガでも、皆さん「足りない」とおっしゃっている。

では、どうしてそんなにメモリィが必要なのか、というと、それは画像も解像度が上がり、動画も長時間撮影されるようになったからだ。日常生活のちょっとしたことを、克明に記録しようとするから、どんどんメモリィを消費する。ようするに、もの凄く下らない画像や動画が、世界中に溢れ返り、しかもずっと記憶されている。何のために、こんなことをしているのか、という疑問を誰も持たない。まあ、金もエネルギィもさほどかからないから、全部記録しておけば良いではないか、という具合。役所の議事録や報告書みたいなものだ。いったい誰が見るというのだ？

何年も経ってから、昔の写真や動画を見るつもりなのだろうか。それにしても多すぎる。見るような暇はないだろう。それに、時代が変わると、再生できなくなっているかもしれない。検索できるかどうかも怪しい。もちろん、ＡＩに頼めば、探してくれるだろう。でも、その頃には、昔の静止画から、創作した動画を作ってくれるサービスがあって、もちろん修正して、もっと美化して、感動的なストーリィの動画を簡単に作れるようになっているだろう。わざわざ古いものを再生する必要もない。記録として重要？　そんな重要な行為、そして人物が写っているのだろうか？

技術の進歩は、金を稼ぐ道具として最初に利用される。記憶容量は、必要だから大きくなったのではなく、記憶容量が大きいものが作れる技術が開発され、その需要を作る必要に迫られた。だから、高解像度の写真が撮れるようにして、動画も手軽に撮れるものを社会に行き渡らせ、事故映像をＴＶで流し、ドライブレコーダを売ったのだ。つまりは、ギガを消費するために、消費者は乗せられているわけである。どうしてそんな解像度が必要なのかって、不思議に思わない？　僕は自分には必要ないと思った。写真は今も最低限のサイズだし、動画は撮影してアップしたら削除。これが、普通の感覚だと思う。

88

「どうしたら良いのか」と悩んでいる人は、パニックになって考えていない。

「もし、○○になったらどうしよう？」と真剣に悩んでいる人がいる。「もう、それを考えるだけでぞっとして、なにも手につかなくなる」と話が続く。これは、一言でいうと、「心配している」だけで、対策を考えているわけではない。対策は大きく分けて、二つ。○○にならないような方策と、○○になったときの対処である。このいずれも、考えた方が良い。実際に考えたものをきいてみると、ほとんどの人は前者はまあまあ答えられても、後者は答えられない。つまり、答えられないから、絶対にそうはなりたくない。でも、「死んだらどうしよう？」の場合は、答えられないかもしれないが、生きているなら、なにかはできるはず。どうしよう？と心配するよりも、なにかすることを考えた方が良いだろう。自分にできること。自分にできなければ、誰かに頼むのか、などと考える。

「もし、本当に○○になったら、自分はパニックになってなにもできない」とおっしゃる方もいる。だから、パニックになったときに、どうするかを考えなさい、とアドバイスをするのだが、「パニックにならないためには、どうすれば良いですか？」ときかれる。箇単だ、パニックになったときにどうするかを決めておけば、パニックを避けられる。

また、○○になったら、このようにしなさい、というアドバイスを既に受けている場合でも、「私には、それができません」と悲観している。自分の能力が足りないと言葉では訴えるのだが、実は、その方法が間違っている、と主張しているのだ。何故なら、それができないなら、できるように努力をする道があるし、また、少なくとも、できるようにするために何をしたら良いかを考えるだろう。それらを放棄して、「できない」と断言し、その方法では駄目だ、もっと自分に適した道があるはずだ、と楽観しているのである。

このように、「どうしたら良いのでしょう?」と困った顔で相談にくる人の多くは、幾つかの解決案をすべて否定し、もっと自分に都合の良い方法が存在するはずだ、と何故か信じている。おそらく、○○になる理由も責任も自分にはなく、不慮のアクシデントで襲いかかるものだと解釈している。話を聞いてみたら、○○になる理由は、その人の不注意、その人の無思慮、その人の判断ミスでしか起こりえないケースであっても、である。

だが、このように説明をしても、この種の人たちは聞く耳を持たない。自分を信じていて、人の意見を取り入れようとはしない。こちらがなにを話しても言葉だけを聞いて、自分に話しかけてくる人が、自分を好きか嫌いかを見極めるだけで、意見の内容は頭に入らない。自分の味方を見つけて安堵するだけ。問題はなにも解決されないのである。

89 なにかに悩んでいる人のうち、かなりの割合が自分の状況を望んでいる。

『臨機応答・変問自在』（集英社新書）で、「なにかに悩んでいる人は、解決策を知らないのではなく、最良の解決策を面倒でしたくないだけだ」と書いた。この「面倒でしたくない」というのは、つまり「現状に満足している」「悩んでいる今の状態を望んでいる」と見ることもできるだろう。

「悩み」だけではない、「悲しみ」「怒り」「憤り」「不満」など、あらゆるものに、同じ傾向が見出せる。特に、これらをネットで呟いて他者に伝えようとする人は、ほぼ、その状況に満足していると見られる。他者に訴えることができるネタがある、と考えているかもしれない。人にいわず、自分の内にこれらを持っている人の方が危ない。本当に悩んでいて、どうすることもできないパニックに陥っているからだ。

たとえば、公の場でナイフを振り回す危険人物がいたとしよう。その人間が、言葉を発しているなら比較的安全であり、警察などが近づいて説得できるかもしれない。しかし、もし黙っているなら、非常に危険だ。このような場合は、なかなか近づけない。

タイトルの文にある「かなりの割合が」というのは、なにかに悩んでいると観測できる割合に近い。観測できるのは、その悩みを訴えているからだ。訴える人は、訴えることで、ある程度の満足を得ている。これを「捌《は》け口」ともいい、訴えることで空気抜きの効果がある。現代人は、空気抜きばかりしていて、本気で怒ったり、悲しんだりすることが難しい状況に自分を追い込んでいる。この状況が良いとか悪いとかをいっているのではない。そんな状況で飼われている、と客観的に見た方が観測として正確だと思われる。

簡単で身も蓋もないことをわざと書くなら、解決しようとする人間がいなければ解決しない。また、そもそも問題を生じさせる人間がいなければ問題にならない。誰が問題を生じさせ、誰がそれを解決するのか、と考えると、大部分は自分で問題を作り、自分で解決する、というのが日常である。他者に起因した問題も、悲しみや怒りとなるのは、自身に問題がある。だから、その問題を解決するのは、まちがいなく自身である。

自動車が突然猛スピードで走り出したとき、運転席にあなたが座っているなら、問題はあなたにある。自動車が急に故障する確率は低い。悩んでいたり、悲しんでいたり、車メーカに憤りを感じる暇はない。自分がしていることを確認するべきだ。それをせず、パニックになる人がいる。「だって、パニックとはそういうものでしょう？」「私はそういう人間なんです。できないんです」と言い訳をしても、「あなたの問題は」解決しない。

90 「罪を憎んで人を憎まず」は、現在はほぼ共有されている概念か。

この言葉は、孔子のものだといわれている、とのこと。原典を調べたわけではない。普通の人は、この感覚を馴染《なじ》みのあるものとして受け入れられないだろう。悪いことをした人がいたら、その人を憎むのが普通だ。たいていのドラマで、悪者は懲らしめられる。ただ、昔のように斬り捨てられたり、撃たれて殺されるというわけではない。現在の法律は、復讐を認めていない。

この言葉の真意は、罪を犯した人の気持ち（あるいは心）を憎めば良い、だが、人格というかその人物を憎んではいけない、ということ。なかなか微妙なもの言いになるが、つまり、悪事を働いたときの心理状況を憎め、ということだ。そのような状況になったことが悪いというわけである。まあ、それも多少綺麗事に聞こえてしまうかもしれない。なにしろ、気持ちと人格はそうそう簡単に切り離せるものではないからだ。

悪事が暴かれると、人は拘束され、社会から隔離される。死刑こそ滅多に行われなくなったが、何年も自由を奪うのは、どうしてなのか？　たとえば、反省して改心した人だったら、罪を犯した気持ちも心も消えているのだから、その人を釈放しても良い？

　そうならないのも、やはり、その気持ちや心を、再び生じさせる可能性が、その人物や人格に宿っている、と考えるからだろう。いくら改心しても、また同じことを繰り返してしまう可能性が高い。これを病気と捉える場合もあるだろう。病気は一旦治っても、すぐにまた罹《かか》りやすい体質というものがある、との考え方である。統計的には、犯罪者はまた犯罪を繰り返す、という顕著な傾向が証明されている。

　罪ではなく、失敗はどうだろうか？　失敗をした人に注意をして、二度と同じ失敗を繰り返さないように念を押しても、やはり同じ失敗をする。この場合、この人をその作業から外すべきだろうか？　本人が「もう絶対にしません」と訴えても、ミスが重なると、どうしてもその人物の信頼性が疑問視されるだろう。ただ、その作業から外すことは、その人物が嫌いだからではない。単に、適材適所に反する、という言い分も一理あるだろう。

　僕の解釈はこうだ。罪やミスを繰り返す傾向にある人は、それに適さない。しかし、その人物を憎んだり、嫌ったりはしない。それは全然違う問題である。だから、「憎む」という動詞が適切ではない。罪は排除しなければならず、罪人も同様である。ミスは排除しなければならず、ミスをする人も遠ざけるしかない。しかし、憎んでいるわけではない。そこが大事なところである。人格を否定しないし、「誰が」という問題ではない。

91 ガンダムは今もまだ新作が作られ、サザエさんやドラえもんと同じくらい凄い。

僕が大学生の頃に、既に周りにガンダムファンがいた。子供の頃には鉄人28号やマジンガーZがあったが、それに比べると大人びた物語だった。たとえば、正義の味方がいないとか、どうして子供が戦っているのかや、どうしてロボットなんだという疑問に答える設定が存在した。その点が子供以外にも受けた理由だろう。ただ、僕は見ていない。アニメを見る習慣がなかったからだ。

その後、戦隊モノが子供向けに放映され、このカラフルな隊員たちは、ひとしきり戦ったあと、何故か登場する怪物に立ち向かうため、巨大なロボットに乗り込む。おもちゃのメーカが売りたいから、作られた番組だった。

怪獣がどうしてあんなに大きいのか、という点から疑問だが、それを倒すために同じ大きさのロボットを作って備えるという考え方が、科学者の発案とは思えない。この発想でいくと、台風や津波に対しても、このようなメカニズムで相対するのだろうか。

僕の息子は、小学生の頃、SDガンダムのプラモに夢中だった。頭でっかちにデフォルメされたシリーズだ。「そんなこの世にないものの模型が面白いのか？」と息子にきいたことがあるが、もちろん反対したわけではない。僕も一度だけ、大きなザクのプラモを作ったことがある。ガンダムよりはザクの方がデザイン的に理にかなっている点が、多少だが認められた。

世界的に見ても、このような大きな戦闘用ロボットが活躍する物語は少ない。日本特有のものといえるだろう。ただ、その影響で作られた映画などはあるにはある。でも、何故ロボットでなければならないのか、どうして人間の形をしていなければならないのか、という点で不合理さが隠せない。それに、何故わざわざ人間が搭乗しなければならないのかも、説得力に欠けるだろう。

現実として、この種の機械は、実用として作られていない。兵器としても、また産業用としても、不合理なのである。宣伝の目的でならありえるかもしれないが、近くにいる人や建物が危険なので、身近で動かすことは無理だろう。

べつに文句があるわけではない。このように、あるものが一度当たると、ずっとそれを持続するという文化が日本にはある。同じことを、手を替え品を替え続けるのだ。もっと違うもの、画期的なものを生み出してほしいところだが、おそらく「消費者が望んでいる」という言葉で却下されるのだろう。続くのは良いものだ、という信仰ともいえる。

92 なんでも一気に片づけてしまいたい「せっかち君」だったが、今では完全に離脱。

子供の頃や若いときは、一つのことに集中すると周りが見えなくなるタイプだった。食事もしたくないし、寝るのも惜しくなる。せっかちだから、すぐにやりたい、すぐに完成させたい、と急ぐため、沢山の失敗をした。周囲との摩擦も大きくなりがちだった。結婚をした頃から、これでは生きていけないだろう、と考えるようになった。せっかちを直さないと、怪我をしたり病気になったり、早死にしそうな気もした。べつに長生きがしたかったわけではないけれど、家族ができると、自分の命にも責任を感じる。

研究者には、このような性格は向いていたかもしれない。ハマれば対象に没頭し、効率的に業績を上げられる可能性はある。ただ、大学の教官であったから、学生を指導しなければならない。自分でやればすぐに済ませられるような課題を、わざわざ学生にさせることで、その人物を育てる。そういう場であるし、それが仕事なので、割り切らなければならない。だから、自分は一つの課題に集中せず、多数の課題を抱え、仕事を進めるようになった。まるで、大勢を相手に同時に将棋を指すような感覚になる。これが、分散思考、分散作業の始まりだったように思う。

一気に進めないで、一つのことを少し進めたら離れる。この離れている時間が大事で、その間にそれについて考えるというわけではないのに、次にその作業に戻ったときに客観的な見方ができ、良いことを思いつく場合もあるし、また、作業であれば、落ち着いてゆっくり安全に進められる。今日はここまで、と中途半端なところで切り上げる。全体として、すべてのプロジェクトが少しずつ前進するので、結果的に進展速度は変わらない。ただ、思考を切り替えることで、頭脳の疲れが和らぐし、体力的にも良い結果となる。

というわけで、人生の後半は「せっかち君」から離脱することができた。もちろん、まだ「おっとり君」にはなれないが、とにかく根を詰めることをしなくなった。それだけで、かなり健康的といえる。毎日睡眠も充分だし、ちょっとでも疲れたら、「明日にしよう」と諦める。やらなければならないことは、一つもない。ただ、やりたいことが目白押しで、それらの中から適当に選んで、少しずつ進める。手をつけて、前進したかな、と思ったところで手を離す。「また、今度」とその場を離れ、別のことをする。

休憩も多い。すぐに書斎の椅子に戻って、コーヒーを淹れ、ゆったりと腰掛ける。ネットを巡回し、しばらくぼうっとして、それから、ちょっと文章を書いてみたり。そんなふうにして、少しずつ小説やエッセイも進んでいく。嘆くなかれ、この堕落ぶりを。

93 同じであることを確かめるよりも、異なっていることを見つける方が有意義。

僕の人生の前半は、周囲の人たちの誰もが自分とは全然違っていることを思い知らされる体験だった。とにかく、みんな違っている。自分と同じような人は一人もいない。ときどき、ほんの少しだけ似ている者どうしが集まり、サークルを作るくらいがせいぜいだった。小さなサークルで、議論もしたし、面白い経験を沢山した。でも、結局わかり合えるようなことはなかった。「まあ、それで良いかな」と思うに至ったのである。今にして思えば、この「自分と違うもの」を見つけることと、「違っていても、当たり前」という納得感が、人間関係や社会に対する自分を把握するうえで、実に有意義な体験だった。

人生の後半では、インターネットが普及し、世間に浸透していった。この電子世界では、自分と同じ人を見つけやすい。どんなにマイナな趣味でも仲間が見つかるし、つながりたいという感覚を基本にアクセスする人が多いから、相手に合わせ、自然に同調するような傾向へ流れる。ここで育った人たちは、自分と同じものを毎日確認することができ、それで安心しているようだ。ときどき、少し外れた言動に出会うと、炎上させて排除する力が働く。誰かの力ではなく、ネットワークに生じる保護回路のような作用といえる。同じであることばかりを探し回り、自分は外れていないと確認する。自分と違うものを取り入れようとしない。違っているものを見つけると、「どうしてこんなふうに考える人がいるんだろう？　どこで間違えたの？」と心配し、同情し、あるときは恐る。そういう「違い」が「異常」なものだと感じるのだ。しかし、実際にリアルを観察してみれば、そんな部分的異常者ばかりの社会だし、もちろん自分も異常者の一員なのである。

そんな「違い」が普通のものであり、「平均」に合わせて流されることに抵抗しようとする「個性」を、誰もが持っていることを、ときどき思い出そう。「違い」や「ばらつき」こそが、人類の財産であり、社会の豊かさにほかならないのだから。

平均から外れていることを、「許容」するというよりも、「尊重」する姿勢が、より前向きで好ましいことも、現代社会は明らかにしようとしている。理屈が先行し、鈍重な感情がついてこられないかもしれないけれど、でも、間違ってはいない。

自分の将来について考えるときも、「自分を信じて行け」と後押ししてくれる意見ばかりを取り入れる。自分と同じ考えのものを受け取って「元気をもらった」と喜ぶ。しかし、大事なこと、そして成功の秘訣は、自分とは違うものを自分のものにすること。自分の考えに水を差すような意見を参考にすることだ。その余裕を常に持とう。

94

もし不満や要求を相手に伝えたいのなら、最初にがつんといった方が良い。

最初は柔らかく要求して、どんどん不満を大きくするのは良い作戦とはいえない。どのみち、完璧な結果を望むのは無理というもの。最後は妥協になる。だから、こちらの意思は最初に、むしろオーバに伝えた方が賢明である。これはつまり、こちらの真剣度というか、この案件に対する意気込みを示す意味がある。

相手は、まずは順当な条件を提示して、こちらの姿勢を見ようとしている。だからこそ、最初に意思を明らかにすることで、その後のやりとりで誤解を招くことなく進められる。仕事での交渉事は、どちらも妥協することが基本だが、最初に妥協する姿勢を見せるのではなく、最初に譲れない部分を明確に伝えることが第一。それ以外では、多少妥協をすれば良い。この手順が最も摩擦が少なく、短時間で仕事が進むように思われる。

とはいえ、僕が経験したビジネス上の交渉というのは、いずれも、こちらの立場が圧倒的に強い条件であることが多かった。駄目ならほかの相手とやり直す、という選択が可能だったからだ。したがって、そこは間違えないでほしい。決裂が覚悟できるかどうか、が最初の出方を決める。

僕は小説家になって、自分の本を作ることを仕事にしたわけだが、最初から、書籍の装丁にとても興味があった。デザイン的な面で、自分が納得できない本は出版するつもりはない、という強い姿勢だったから、初めの頃はしばしば意見がぶつかった。どうも、普通の作家というのは、書籍の装丁は編集者にお任せらしい。もちろん、案を提示して、「先生、こんな本にしたいのですが、いかがでしょう？」と尋ねられるのだが、もう、本のタイトルも入った完成形に近い案が出てくる場合がほとんどだった。

どこが気に入らないか、どこを修正しますか、と意見をきかれるが、「全然話になりません」くらいの返事はしたことが何度もある。まず、どんな方向性で、誰のイラスト、何を描くか、誰がデザインをするのか、など、こちらのイメージを伝える。

ときには、出版界の常識に反するようなものを、僕は求めた。「日本語のタイトルはいらない」とか「オビをなくしてほしい」とかである。いずれも、この意見が通ったのは僅か一回だけだ。しかし、その本は、画期的な装丁として受け止められたはず。

最初にいいたいことをいい、それに対して次の案が出てきたら、そこでは相手を尊重し、ほとんど注文をつけない場合が多い。こちらの強い意見に応えてくれたことに感謝する姿勢を示すためである。プロの本気を見せてくれる人は、尊敬に値する。

95

選挙中の銃撃について僕が思ったのは、街頭演説が何故必要なのか？である。

アメリカにもイギリスにも、選挙の宣伝カーなるものはないだろう（僕は見たことがない）。街頭演説というのも、ないのではないか。もし、そんなものがアメリカにあったら、絶対に銃撃されるだろう。そんな危ない場所に、候補者は出ていかない。日本が異常すぎるのだ。今はインターネットの時代である。街中で演説して、どれほど効果があるのか。あの名前だけを連呼する宣伝カーなるものは、煩いだけで、住民に嫌われることまちがいなしの存在なのに。

銃が出回っていないから、と安心していたのかもしれない。しかし、銃なんて非常に簡単な道具で、ちょっとした工作機械があれば誰でも作れる。爆弾だって、難しいものではない。3Dプリンタが登場した頃、ピストルが誰でも作れる、といった心配をニュースで流していたが、今さら何を、と首を捻った。モデルガンを改造した銃は昔からあったし、そもそも、銃も麻薬も相当な量が密輸されている。そういった武器がないことを前提にしている方がおかしい。たとえば、多額の金額を提示すれば、どこかで買えるだろう。ネットの時代である。強盗の仲間を募るよりも簡単なのではないか。

演説がどうしてもしたいのなら、閉鎖された会場の中で行うことにして、入場者のボディチェックをするしかない。当たり前のことだ。そういうことをしない、堂々とした態度が、日本ではきっと好まれていたのだろう。たとえば、庶民と一緒に世間話をするとか、もてなしを断らないとか、子供を抱いてみるとか、そういう姿を見せて、親しみを感じてもらうような演出をした。いずれも、年寄り相手の昭和の感覚といえる。

日本人は、「庶民的」を良い意味にしか使わない。逆に「エリート」を悪い意味で使う場合が多い。政治家になるような人は、エリートであり、エリートでなければ、リーダにはなれないのが普通だ。どの国を見ても、エリートが選ばれ、エリートらしく振る舞う。日本も、おそらくそういった文化へ今後シフトするだろう。老人を相手にしているマスコミが遅れているのは確かだから、新聞やTVを信用しないことである。

そもそも猟銃が市販されている。弾も買える。それが無理でも、ボウガンなら簡単に自作できる。人前に立ちたい人は、充分な警護と防備を行ってほしい。

テロも殺人も、弁解の余地はない。事情もポリシィも無関係。現代では、絶対的な悪であり、この種の犯罪者を擁護する人は、まちがいなく馬鹿。警察が動機を調べると報道されるが、動機を知って何の役に立つのか是非教えてもらいたい。

96

そんな思いをしてまで金を儲けたいとは思わない、というまっとうな感覚。

敗戦後の日本では、労働は素晴らしいことだった。なんの心配もなく働けることが幸せだった。賃金が得られ、自由にそれを使える。生活は安定し、娯楽も増えた。当時の人たちが口を揃えて語ったのは、「食べるものがいつもある」だった。働けば、好きなものが食べられる時代になったし、食べるものを蓄えられるほど豊かになった。

平和が長く続いて、社会の富は蓄積された。道路も建物も立派になったし、遊ぶ施設も増えた。家には便利な電化製品があるし、自動車もクーラもある。この豊かな社会で育った世代がまた次の世代を育て、このような社会が当たり前になったとき、労働に対する感覚はずいぶん変わった。「働きすぎ」が悪いことになった。働いてばかりで家族と疎遠になる人が悪者になった。残業をさせる経営者も悪者だ。働いている人の偉さは、どんどん低下し、子供たちは早く大人になって働きたい、と憧れることもなくなった。それどころか、どうして働かなければならないのか、そうまでして金儲けがしたいのか、という目で大人たちを見るようになった。まだ上の世代が「働いている者は偉い」という根拠のない威圧姿勢を見せていた時代だったからだ。

これは、子供たちの方が正論といえるだろう。働くことが偉いという理屈はない。ただ、貧しさから脱出するために働いていた、働きたいというモチベーションは、そこにあった。「偉い」のは単に賃金が高いという意味でしかない。お金に困っていなければ、働く必要はないし、どこかの企業の社長に頭を下げる理由もない。人間の「偉さ」は、仕事の立場とは無関係である。なにもかもが正論なのだ。つまり、これまでの大人たちが間違っていた。そういった幻想の中で日本は復興してきた、というだけである。

したがって、子供たち、若者たちの仕事に対する「やる気のなさ」は、正常であり、責められる謂《いわ》れはない。仕事をすることで、社会的な立場が確立されるというのも、既に古い考え方といえる。無職でも堂々としていれば良い。仕事に対してやる気がなくても、自分の好きなこと、ゲームとか遊びとか趣味とかでなら、やる気は出る。やる気がない人間ではないことは明らかだ。

ただ、生きるために稼がなければならない人がいる。そういう人は、しかたなく、生活費を得るために仕事をするだろう。やる気があるから仕事をするのではない。仕事は正義のためでもないし、人助けでもない。貧しさの証ともいえる行為である。このような理解が今後広がっていくだろう。古い頭はパラダイムシフトを迫られている。

97
ゆっくりと執筆できる能力があったら、と羨ましく思う(皮肉ではない)。

まえの文を書いたあと、庭でペンキ塗りを三十分ほどしてきて、今コーヒーを飲みつつ、これを書いている。今回の執筆は三月下旬から始めたが、もう五月二日である。できるかぎりゆっくりと執筆するという方針を、だいたい守ることができたといえる。

根がせっかちだから、とにかく急いでちゃっちゃっとやってしまう癖があるので、長年自分の欠点として認識し、できるかぎり対処する努力をしてきた。ようやくこの歳になって少し思いどおりのやり方に近づいた。そう、なんでもこれくらい落ち着いて、丁寧に取り組まなければならないし、そうした方が良いものができる(はず)。

ネットで、たびたび森博嗣の執筆速度が話題になる。もう二十年くらいずっと同じことを大勢が呟いている。これらすべての人たちが、文章を速く書けるようになりたい、という方向性であり、その逆の人には出会ったことがない。文章をゆっくり書けるようになりたい、と思う人がいないのは不思議だ。自分は速すぎると感じる人はいないのか?

仕事だから、締切に追われているから、という理由はたしかにある。しかし、文章を書くことを仕事にした場合、書く（キーボードを叩く）ことに時間の大半が費やされているわけではなく、多くの場合、何を書くか、どう書くか、どうつなげるか、どう展開するか、もっと面白いことはないか、という思考に費やされる。アイデアが思い浮かぶまでが大変なのだ。それに比べれば、文章を書くための時間など、たかが知れている。

したがって、筆が遅い人というのは、考えるのが遅い人のことであり、たしかに、そういう人はこの仕事に適していないかもしれない。また、アイデアもすぐ思いつき、書くことも速い人は、筆の速さなど関係ない、どうだって良いことだ、という顔をしている。特に、プロだったら、「悩んで悩んでなんとか締切に間に合わせた」という方が、ありがたがられ、受けが良い。苦労を強調するのが、プロの常套の手口であり、これをしない人は滅多にいない。なんの利益にもならないからだ。

このように、ぎりぎりまで時間を使ったように見せかけ、精一杯の努力をしたという顔ができる人は、商売に向いている。商売のセンスがあり、経営の能力もある。僕には、その能力が不足している。全然威張れる話ではない。

ゆっくり書いてみると、これまで見えなかった風景が思考の窓から垣間見える。実際、自分の文章がどう受け取られるか、という憶測も深くなるから、悪くない。なにより、こんなにゆっくり書けるようになれた、これで一人前の作家かも、と嬉しくなる。

98

毎日沢山のことを少しずつして充実感を味わっている老人は何の夢を見るか？

現在、工作で十五くらい、工事では四つのプロジェクトを進めている。毎日なにかは作業をする。たいてい五つか六つくらいだ。じわじわと全体が進んでいく。ときどき終了する、つまり完成するものがあり、また新しく始めるものもある。とても楽しい。充実した日々を送っている。このような環境に感謝しているが、恵まれたものではなく、自分で築き上げたシステムだ。ただ、家族の協力がある。夕食は、奥様が作ったものを食べているし、買いものも彼女に任せている（自分が買うものは通販だから）。

まだまだ、試したいこと、やりたいこと、作りたいもの、知りたいことが沢山あるけれど、これらは減らない。やるほど増える道理なので、子供の頃よりも多くのプロジェクトを抱えている状態だ。だから、一段落つくはずもない。キリの良いときもない。ずっと、このままだろう。だから、死ぬまで楽しめる。終活などしている暇はない。

今はどんなことを目指していますか？　今はどんな夢を持っていますか？　そんな質問を受けることがある。多すぎて答えられないし、一言で説明できない。言葉として整理されていないものがほとんどだ。なにもかも目指しているし、無数の夢を見ている。大部分は忘れているかもしれない。たまに思い出して、そうそうこれもやらなくては、となる。だいぶぼけてきたようだ。もう少しぼけた方が良いかもしれない。

多くの人たちと僕が異なっているのは、僕の夢は他者に依存していないし、他者に関係しないものであること。だから、誰かにこの夢を引き継いでほしいなんて思いもしない。理解してもらいたいとも考えていない。僕は、遺言を書かないつもりだ。なにも書くことがないからだ。死んだあとの世界に思い残すことは一つもない。僕の持ち物や資産は、勝手にしてくれれば良い。僕のことはすっかり忘れてもらうのが良い。なにか遺したいなんて、まったく考えていない。僕のプロジェクトは、僕が満足するためのものだから、僕以外の誰とも無関係だし、ましてや社会にも関係がないので、意思を書き残す必要もない。

いろいろな柵《しがらみ》を断ち切った末に得た安穏生活をエンジョイしている。そんなことをわざわざ公表しなくても良い、というのはもっともな話。ただ、これが仕事であるし、心配している人もいるようなので、いちおう書いておこう。このエッセイを読むのは、森博嗣ファンの一割くらい。小説のファンはエッセイを読まないし、もちろん、庭園鉄道関係のファンも本は買わないから、と楽観している。とにかく、毎日夢を見ているし、夢のような生活である。寂しくもなく、憤ることもない。幸せにやっております。ご心配なく。

99

客観性を失うことは実に簡単だ。自分の家の犬が可愛い、自分の子供は可愛い。

理性や理屈の根幹をなすものは、客観的評価であり、それを担うのは高い位置からの観察である。といって、文字どおりの高さではなく、自身の視点から離れ、相手も自分も、周囲も社会も見渡せるような視点に立つという「高さ」のことだ。自分がどう思っているかよりも、相手が考えていること、周囲が感じていること、社会の動向をよく観察し、自分に対しても、自分から離れた視点から観察する。自分は今、どう感じたか、何故そう考えたのか、自分が見ているのはどんな角度からか、を常に意識する。また、位置だけでなく、時間的にも、現在から離れて考える。現在を未来と捉える過去からの視点、また現在を過去と捉える未来からの視点を常に保つこと。

客観的な思考は、真実に近づく最も優れたツールである。真実に近づくほど、理屈に説得力が増すし、またその観測に基づく予測が的確になる。そうすることで、自身が有利な選択ができるので、必然的にトラブルを最小とし、利益を最大にする効果を得るだろう。

この最強のツールである客観の反対が、主観である。主観は、なにも意識しなければ、誰もが生来持っている。たとえば、感情というのは主観に基づいている。自分がどう感じたか、などと考えることもなく、ただ感じたままに反応する。自分が得をするものを手に入れたい、自分や自分の家族を贔屓目で見る。自分のペットや子供は世界一可愛いと思う。このような主観は、本能的なものであり、もちろん無駄なものではない。これがあるから、自分の身を守り、安全を選択し、生きるために必要なものを探す。身近な人たちに愛情を感じ、仲間意識も生まれる。頭脳は、そう感じるようにプログラムされている。

したがって、客観性を失う理由は、理性を見失うこと、つまり直感に従うことなので、非常に簡単である。なにも考えなければ、本能的、主観的な人間にすぐなれる。そして、こういう人間が、自分勝手な行動で周囲から敬遠されることになるだろう。あるときは、犯罪者になる。自分に不都合なものを排除し、自分が欲しいものを他者から奪うからだ。

ニュースで報じられる犯罪者は、「どうしてあんな馬鹿なことをしたのだろう？」と大勢から不思議がられるのだが、全然不思議ではない。欲望のおもむくままに行動しただけのこと。むしろ素直で正直で、最も簡単な道を選択しただけなのである。

ただ、そんな本能的な人間を「馬鹿」で「不思議」だと感じるのは、あなたが理性を持っているからにすぎない。この理性が、客観的な観察をさせている。もっと理性を磨けば、さらに高い視点からものごとを捉えることができる。想像せよ、高き視点から。

100

死ぬまでにしておきたいことは特にない。明日が最後の日でも問題はない。

世迷言に思われるかもしれないが、死をいつも意識している。老人になったからではない。たしかに、老人であるから、どう見積もっても、残されている時間は短い。しかし、僕は子供の頃からずっと死を意識してきた。むしろ、子供の頃の方が「死にそうだ」という観念に取り憑かれていた。いつも不健康で、具合が悪かった。気持ち悪くて、吐きそうになるし、頭痛はするし、お腹が痛い。あまりに酷いときは親に打ち明けたが、そうすると医者へ連れていかれ、薬を飲まされる。そして、ますます症状が悪くなるのだった。

自分は長くは生きられないだろう、と諦めていた。たぶん、僕がせっかちになったのは、このためだ。とにかく、なんでもすぐにやりたい。時間が惜しかった。

だが、中学生になった頃から、少しずつ改善された。自分の体調のコントロール方法を覚えたからだ。無理をしない。食べすぎない。疲れないようにする。そうすることで、だいぶましになった。大学生になった頃には、ようやく少し健康な人間になったかな、と思えた。結局、人と同じようにしていたら駄目で、自分なりの生き方がある。友達とつき合うのはほどほどにすること、それに、頑張らないこと、控えめに生きることだ。

　それでも、人生はせいぜい六十年と予測していた。それまでにやりたいことはやりきった方が良い、と予定を立てた。仕事を早々に離脱し、今のような生活になったのも、ある意味、気が焦っていたからだろう。そして、もう六十年を過ぎた。今はロスタイムだ。

　というわけで、だいたい思いどおりに生きられた。人生に悔いはない。どこかの時点に戻りたいとは思わないし、別の人生を歩みたいとも思わない。オマケのような時間をもらったのに、けっこう無駄遣いして過ごしている今日この頃。でも、初めてのんびりできたように感じている。もう気忙《きぜわ》しくない。慌てなくて良い。若い頃よりも時間がたっぷりあって、本当に贅沢だなぁ、と呆れている。

　やりたいことは、まだまだ多すぎるので、やり切ることは無理だ。しかし、それが無念だとはもう感じない。贅沢で幸せだと思う。少し誰かに分けてあげたいくらいだ。

　今は、頭痛どころか肩凝りもない。目が少し疲れるけれど、これはドラマの見すぎ。庭仕事が忙しく、鉄道のメンテナンスでも肉体労働をするから、夜は躰が固くなって動きづらい。でも、朝になったら、さあ、今日も頑張ろう、と目覚めが良い。いろいろ作りたいものが目白押し。健診とか保険とかに興味はない。できれば、突然死が良いけれど、そんなに簡単にはいかないだろう。ただ、延命措置は無用、と家族には伝えてある。またね。

解説——思考と言葉と日常

五十嵐律人（作家）

「森博嗣に憧れた天才司法修習生が描く――」

私のデビュー作である『法廷遊戯』には、刊行当初、このキャッチコピーが宣伝物などで用いられていた。天才であるかはともかく（おそらく違う）、私が森先生に憧れていたのは事実だし、今も憧れ続けている。

ロースクール（法科大学院）修了後に『すべてがFになる』を手に取ったことで、私の人生は急転した。司法試験に合格したにもかかわらず、作家を志して新人賞への応募を始めたのだから、急転と表現しても誇張ではないだろう。

その後、第六十二回メフィスト賞を受賞してデビューに至った。第一回メフィスト賞を受賞したのが森先生だ。

紆余曲折を経て、作家兼弁護士として活動し始めたのが約三年前。当時の自分に、クリームシリーズの最新刊の解説を書いていると伝えたら、どんな反応が返ってくるだろう。実現し得ない仮定なので、想像しても意味がない。

これまでにも、のめり込んだ小説家は何人かいた。既刊を読み漁《あさ》り、新刊が出るのを楽しみに待つ。けれど、エッセイまで手に取ることはほとんどなかった。あくまで、その小説家が描く物語のファンだったからだと思う。

一方で、森作品の読書体験を振り返ってみると、『すべてがFになる』に強烈な衝撃を受けた後、S&Mシリーズや四季シリーズなどを手に取りながら、比較的早い段階でエッセイも読みふけっていた。物語のファンであると共に、作者の思考の一端に触れたいと望んだからではないだろうか。

そんなクリームシリーズも、本書で十二冊目だという。一冊に百作が収録されているので、千二百個のエッセイ。そんな計算に意味があるのかはともかくとして、毎年百個ものエッセイを読めるのは、本当に贅沢なことだ。

十二年間の簡単な振り返りも、本書ではされている（69参照）。本シリーズの感想では、自分と違う考え方、言葉の厳格な意味、森博嗣の日常などに、それぞれファンがいるという。この三点が、本シリーズを構成する大きな要素だからだろう。

以下の解説でも順番に触れていきたい。

まず、「物事に対する考え方」についてだが、前々回くらいから、時事ネタも扱われるようになった（68参照）。本作でも、数は減っているようだが、生成ＡＩ（22、56、72参照）やウィズ・コロナ（18、84参照）の話題などについて触れられている。

特に二〇二三年においては、ChatGPT（文章生成ＡＩ）やMidjourney、Stable Diffusion（共に画像生成ＡＩ）が大きな話題になった。「森博嗣は生成ＡＩをどのように評価しているのだろう?」と疑問に思った読者も多くいるのではないか。同時性の求められる話題について知見を得られるのも、エッセイの魅力の一つだ。

——ＡＩは人間の仕事を奪うのか?

このようなキャッチーな話題にマスコミや一般の人々（私を含めた）は飛びついてしまう。ＳＮＳでも、地に足がついていないふわふわした議論ばかり目につく。コロナウイルスしかり、原発問題しかり、惨事が喉元《のどもと》を過ぎ去ってから（本当に過ぎ去っているかはノーコメント）、物事の是非を結果論で語る人々が非常に多い。そういう人たちは、まだ結果が出ていない喫緊《きっきん》の問題には口をつぐむ傾向がある。

安全圏から野次を飛ばした方が、面目を失う心配をせずに済むのかもしれない。けれど、そういった社会問題こそ、積極的に意見を述べるべきなのではないか。議論の主たる目的は、答えを模索することにあるはずだ。

先ほど例に出した生成AIは、二〇二三年の時点では、生成物の著作権や個人情報の取り扱いといった大枠のルール作りから、レポートや各種テストでの利用を認めるかといった既存のシステムの見直しに至るまで、検討すべき問題が山積みになっている。

本書では、そのような現在進行形で社会が直面している物事に対しても、現状を的確に分析した上で、今後の展望が具体的に記載されている。

ただし、明確な答えが提示されているわけではない。そこからどのような気付きを得て、どう行動に移すのかは、私たち自身が考えるべきことだ。

「僕の考え方を取り入れる必要はないが、少なくとも考えることは必要だと思う。これはほぼ確かである。何故なら、人間が生きている理由がそこにあるからだ」（69参照）と本書でも書かれているように。

また、時事ネタ以外にも、このような考え方があるのか……、と目を見張る記載がいくつもある。「その金を得るために自分が差し出した時間や労力に比べて、買えるものの価値が相応《ふさわ》しいだろうか」（11参照）という一文は、散財しがちな自分の財布に忍ばせておきたいと思ったほどだし、不人気な役職をジャンケンやくじ引きで決めるのではなく、「やりたくない気持ち」を参加者が金額にして出し合って、その合計金額で引受人を募集するという〝公平〟な選出方法（51参照）は、今すぐにでも採用してもらいたい。

次に、「言葉の厳格な意味」についてだが、作家や弁護士という言葉を商売道具にする仕事に就いていながら、校閲や先輩弁護士の指摘などで不正確な日本語を使ってしまったことに気づいて反省することが多々ある。

「二足の草鞋《わらじ》」（67参照）の意味に関する指摘は、個人的に耳が痛かった。なぜならば、作家兼弁護士として、これまで二足の草鞋を自称してきたからだ。本書では、二足の草鞋は互いに相入れないような正反対の二つの職業を持つ人を示す場合が多い、とされている。作家と弁護士は両立できる（現にしている）ので、この定義には当てはまらない可能性が高い。

ただ、自己紹介をする際に便利なマジックワードなので、これからも多用してしまう気がする。知って犯す罪と知らずに犯す罪とは違うと、自分に言い聞かせながら。日本語誤用罪はないので許されるだろう。

タイトルからして秀逸なのが、「『百パーセント悪いのは確かなのだが』と言ってしまったら、あとは話すな」（37参照）である。私も、社会人になってから、言い訳のような断りをつい入れてしまうことが多くなった。これまた耳が痛い。

言葉の厳格な意味からは少し離れてしまうが、平均寿命について、「平均寿命がもうすぐ迫っている年代の人の多くは、平均寿命よりも長く生きる可能性が高い。平均寿命は、若くして亡くなった人を入れた集計結果だからだ」（82参照）と指摘している箇所も、思わずマーカーを引いてしまった。このメモを手元に留めておけば、平均寿命が目前に迫ったとき、もう少し長生きできる可能性が高いと安心できるかもしれない。

最後は、「森博嗣の日常」についてである。

コロナウイルスによって、不要不急の外出や人混みを避けることが是とされる価値観が形成された。惨事が喉元を過ぎ去ってから（本当に過ぎ去っているかは……）は、コロナが流行する前の日常に戻りつつある。

森先生は、何年も前から、ほとんど他人と会わない生活を送っているという（85参照）。私も、引き籠もり気味の生活を送っている方だと自覚しているけれど、それでも月に数回は他人と会う機会がある。できる限り摩擦を排除したいと思いつつ、人間関係のしがらみから完全に逃れることはできていない。

本書のタイトルが『妻のオンパレード』になった理由は、まえがき（より詳しくは29参照）に書かれている。タイトルが影響しているのかはわからないが、奥様のスバル氏に関する記載がこれまでより増えているような気がする。

言葉の意味を巡る会話や、趣味のガーデニングに没頭しているスバル氏の姿など、自然に囲まれた夫婦の静かな日常が描かれていて、素敵だなと何度も思った。

本書を読みながら、結婚とはなんだろうと考えを巡らしたのだけれど、まだまだ模索中なので、ここで披露することは差し控える。

さて、冒頭でも簡単に書いたが、森先生が第一回メフィスト賞を受賞した約二十五年後に、私は第六十二回メフィスト賞を受賞してデビューした。

この間に、出版を取り巻く環境は大きく変わった。何年も前から斜陽産業だと嘆かれているようだし、リアルの書店の相次ぐ閉店、紙の雑誌の廃刊、発行部数の激減……と枚挙にいとまがない。

出版不況が当然の前提となった状態で渦中に飛び込んだ作家は、どうにかして生き残ろうともがき続けている。ストーリー、キャラクター、文章、設定。どこかで突き抜ければ、読者の目に留まるはずだと信じながら。

一方で、物語の持つ力や、作家業のやりがいなどを理由に、どこか楽観的な未来予測が、主にＳＮＳで見受けられる。

森先生は、電子書籍が普及することも、リアルの書店が減少していくことも、ずっと前から予測していた。そして、その傾向は今後さらに加速していくだろうと。

　この種の話題は、タブーではないけれど、なんとなく触れづらい空気が漂っているように感じてきた。しかし、目を背けているだけでは、活路は決して見出せない。

　ＡＩが人類の知能を超えるシンギュラリティ（技術的特異点）は、二〇四五年に迎えるという説が、現時点では有力に主張されている。約二十年後の未来予測だ。そのとき、出版を取り巻く環境は、どのように変わっているのだろうか。

　未来予測である以上、明確な答えを導くことはできない。思いもよらない未来が待ち構えているかもしれない。けれど、少なくとも、考えることは必要だろう。

　それが、人間が生きている理由でもあるのだから。

森博嗣著作リスト

（二〇二三年十二月現在、講談社刊。＊は講談社文庫に収録予定）

◎S&Mシリーズ

すべてがFになる／冷たい密室と博士たち／笑わない数学者／詩的私的ジャック／封印再度／幻惑の死と使途／夏のレプリカ／今はもうない／数奇にして模型／有限と微小のパン

◎Vシリーズ

黒猫の三角／人形式モナリザ／月は幽咽のデバイス／夢・出逢い・魔性／魔剣天翔／恋恋蓮歩の演習／六人の超音波科学者／捩れ屋敷の利鈍／朽ちる散る落ちる／赤緑黒白

◎四季シリーズ

四季　春／四季　夏／四季　秋／四季　冬

◎Gシリーズ

φ《ファイ》は壊れたね／θ《シータ》は遊んでくれたよ／τ《タウ》になるまで待って／ε《イプシロン》に誓って／λ《ラムダ》に歯がない／

η《イータ》なのに夢のよう／目薬α《アルファ》で殺菌します／ジグβ《ベータ》は神ですか／キウイγ《ガンマ》は時計仕掛け／χ《カイ》の悲劇／ψ《プサイ》の悲劇

◎Xシリーズ

イナイ×イナイ／キラレ×キラレ／タカイ×タカイ／ムカシ×ムカシ／サイタ×サイタ／ダマシ×ダマシ

◎XXシリーズ

馬鹿と嘘の弓／歌の終わりは海（*）／情景の殺人者（*）

◎百年シリーズ

女王の百年密室／迷宮百年の睡魔／赤目姫の潮解

◎ヴォイド・シェイパシリーズ

ヴォイド・シェイパ／ブラッド・スクーパ／スカル・ブレーカ／フォグ・ハイダ／マインド・クァンチャ

◎Wシリーズ（講談社タイガ）
彼女は一人で歩くのか？／魔法の色を知っているか？／風は青海を渡るのか？／デボラ、眠っているのか？／私たちは生きているのか？／青白く輝く月を見たか？／ペガサスの解は虚栄か？／血か、死か、無か？／天空の矢はどこへ？／人間のように泣いたのか？

◎WWシリーズ（講談社タイガ）
それでもデミアンは一人なのか？／神はいつ問われるのか？／キャサリンはどのように子供を産んだのか？／幽霊を創出したのは誰か？／君たちは絶滅危惧種なのか？／リアルの私はどこにいる？／君が見たのは誰の夢？

◎短編集
まどろみ消去／地球儀のスライス／今夜はパラシュート博物館へ／虚空の逆マトリクス／レタス・フライ／僕は秋子に借りがある　森博嗣自選短編集／どちらかが魔女　森博嗣シリーズ短編集

◎シリーズ外の小説

そして二人だけになった／探偵伯爵と僕／奥様はネットワーカ／カクレカラクリ／ゾラ・一撃・さようなら／銀河不動産の超越／喜嶋先生の静かな世界／トーマの心臓／実験的経験／オメガ城の惨劇（＊）

◎クリームシリーズ（エッセイ）

つぶやきのクリーム／つぼやきのテリーヌ／つぼねのカトリーヌ／ツンドラモンスーン／つぼみ茸ムース／つぶさにミルフィーユ／月夜のサラサーテ／つんつんブラザーズ／ツベルクリンムーチョ／追懐のコヨーテ／積み木シンドローム／妻のオンパレード（本書）

◎その他

森博嗣のミステリィ工作室／100人の森博嗣／アイソパラメトリック／悪戯王子と猫の物語（ささきすばる氏との共著）／悠悠おもちゃライフ／人間は考えるFになる（土屋賢二氏との共著）／君の夢　僕の思考／議論の余地しかない／的を射る言葉／森博嗣の半熟セミナ　博士、質問があります！／DOG&DOLL／TRUCK&TROLL／森籠もりの日々／森には森の風が吹く／森遊びの日々／森語りの日々／森心地の日々／森メト

リィの日々／アンチ整理術

☆詳しくは、ホームページ「森博嗣の浮遊工作室」を参照
(https://www.ne.jp/asahi/beat/non/mori/)
（２０２０年11月より、ＵＲＬが新しくなりました）

本書は文庫書下ろしです。

|著者|森 博嗣　作家、工学博士。1957年12月生まれ。名古屋大学工学部助教授として勤務するかたわら、1996年に『すべてがFになる』（講談社）で第１回メフィスト賞を受賞しデビュー。以後、続々と作品を発表し、人気を博している。小説に「スカイ・クロラ」シリーズ、「ヴォイド・シェイパ」シリーズ（ともに中央公論新社）、『相田家のグッドバイ』（幻冬舎）、『喜嶋先生の静かな世界』（講談社）など。小説のほかに、『自由をつくる 自在に生きる』（集英社新書）、『孤独の価値』（幻冬舎新書）などの多数の著作がある。2010年には、Amazon.co.jpの10周年記念で殿堂入り著者に選ばれた。ホームページは、「森博嗣の浮遊工作室」（https://www.ne.jp/asahi/beat/non/mori/）。

妻《つま》のオンパレード　The cream of the notes 12
森《もり》 博嗣《ひろし》

講談社文庫
定価はカバーに
表示してあります

2023年12月15日第１刷発行

発行者――髙橋明男
発行所――株式会社　講談社
東京都文京区音羽2-12-21　〒112-8001
電話　出版（03）5395-3510
　　　販売（03）5395-5817
　　　業務（03）5395-3615

KODANSHA

デザイン―菊地信義
本文データ制作―講談社デジタル製作
印刷―――株式会社KPSプロダクツ
製本―――株式会社国宝社

Printed in Japan

ISBN978-4-06-532815-6

講談社文庫刊行の辞

二十一世紀の到来を目睫に望みながら、われわれはいま、人類史上かつて例を見ない巨大な転換期をむかえようとしている。

世界も、日本も、激動の予兆に対する期待とおののきを内に蔵して、未知の時代に歩み入ろうとしている。このときにあたり、創業の人野間清治の「ナショナル・エデュケイター」への志を現代に甦らせようと意図して、われわれはここに古今の文芸作品はいうまでもなく、ひろく人文・社会・自然の諸科学から東西の名著を網羅する、新しい綜合文庫の発刊を決意した。

激動の転換期はまた断絶の時代である。われわれは戦後二十五年間の出版文化のありかたへの深い反省をこめて、この断絶の時代にあえて人間的な持続を求めようとする。いたずらに浮薄な商業主義のあだ花を追い求めることなく、長期にわたって良書に生命をあたえようとつとめるところにしか、今後の出版文化の真の繁栄はあり得ないと信じるからである。

同時にわれわれはこの綜合文庫の刊行を通じて、人文・社会・自然の諸科学が、結局人間の学にほかならないことを立証しようと願っている。かつて知識とは、「汝自身を知る」ことにつきていた。現代社会の瑣末な情報の氾濫のなかから、力強い知識の源泉を掘り起し、技術文明のただなかに、生きた人間の姿を復活させること。それこそわれわれの切なる希求である。

われわれは権威に盲従せず、俗流に媚びることなく、渾然一体となって日本の「草の根」をかたちづくる若く新しい世代の人々に、心をこめてこの新しい綜合文庫をおくり届けたい。それは知識の泉であるとともに感受性のふるさとであり、もっとも有機的に組織され、社会に開かれた万人のための大学をめざしている。大方の支援と協力を衷心より切望してやまない。

一九七一年七月

野間省一

講談社文庫 最新刊

パトリシア・コーンウェル
池田真紀子 訳
禍根(上)(下)
ケイ・スカーペッタが帰ってきた。大ベストセラー「検屍官」シリーズ5年ぶり最新邦訳。

桃戸ハル 編・著
5分後に意外な結末
〈ベスト・セレクション 銀の巻〉
たった5分で楽しめる20話に加えて、たった5秒の「5秒後に意外な結末」も収録!

砂原浩太朗
黛家の兄弟
政争の中、三兄弟は誇りを守るべく決断する。神山藩シリーズ第二弾。山本周五郎賞受賞作。

田中芳樹
創竜伝 15
〈旅立つ日まで〉
竜堂四兄弟は最終決戦の場所、月の内部へ。大ヒット伝奇アクションシリーズ、堂々完結!

風野真知雄
魔食 味見方同心(一)
〈豪快クジラの活きづくり〉
究極の美味を求める「魔食会」の面々が、事件を引き起こす。待望の新シリーズ、開始!

森 博嗣
妻のオンパレード
〈The cream of the notes 12〉
常に冷静でマイペースなベストセラ作家の100の思考と日常。人気シリーズ第12作。